二見文庫

叔母の部屋

睦月影郎

目次

叔母の部屋

第一章　秘密のビデオ

1

「何だか、先輩がこのまま東京から帰ってこない気がします……」

一年生の原田瞳《はらだひとみ》が、今にも泣きそうな顔で明夫《あきお》に言った。

一月中旬、三年生である明夫は、もう受験と三月の卒業を控えて自由登校になったため、三年間なじんだ文芸部室に私物を取りに来ていたのだった。

「ちゃんと帰ってくるよ。半月ばかり叔父の家に世話になるだけで、大学の下見なんかをすませれば卒業式までには戻ってくるから」

「でも大学が受かれば、また東京へ行っちゃうんでしょう?」

「だって、どっちにしろ卒業しちゃうんだから、この部室とはお別れだよ」

明夫が言うと、とうとう瞳は下を向いてしまった。

あまり部員も多くなく、不活発だった文芸部であるが、瞳だけは熱心だった。

それは部長の明夫がいたからなのだろうが、消極的な彼は、瞳の好意を感じ取っていながら、また自分も彼女を可愛いと思っていながら活動以外の個人的なことは何一つ進展していなかった。

今も部室には、二人きりしかいなかった。

本当は三年生は受験があるから、夏まででクラブ活動を引退することになっていたのだが、文学部志望の明夫は何かと放課後になると部室に顔を出し、やはり必ず来ている瞳と読書感想などのおしゃべりをしていたのだ。

柏木《かしわぎ》明夫は十七歳。三月生まれのため、学年でも最も遅くに年を取る。小柄で手足は細いし色白で、運動はからきし駄目だが読書だけは山ほどしていた。できれば作家になりたくて、まず東京の大学で文学をやりたかった。

一人っ子で、両親は地元の中学校の教員。早く、こんな田舎町を出て、東京で新たな友人を作って文学論を交わしてみたいと思っていた。

唯一、この土地に未練があるとすれば、可憐な瞳である。

彼女も早生まれのため、まだ十五歳。眉を隠す前髪に黒目がちのひた向きな眼差し。

まだ幼げで愛くるしい顔立ちに、膨らみかけたセーラー服の胸。明夫は毎日のように、瞳の面影でオナニーしていた。

それなのに、好きだという一言が言えないのである。

早く東京へ出たいという希望があるため無意識に、この土地への執着の種を排除しようとしているのかもしれない。あるいは、幼く無邪気な瞳を弄《もてあそ》んではいけないという気持ちも、どこかに作用していたのだろう。

だが今日は、明夫も少し気持ちが違っていた。

何しろ明日は上京し、叔父の家に滞在するのである。しばらく瞳に会えないと思うと慕情がつのり、日頃シャイな明夫も積極的になってしまった。

それに卒業を目前にした今、何とか高校生時代にファーストキスぐらい体験しておきたいという気持ちもあった。もちろん明夫は今まで、フォークダンス以外で女子の手に触れたことはなかったのだ。

じっと俯《うつむ》いている瞳に迫り、思いきって肩を抱いた。これから自分がしようとしていることに、激しい緊張と胸の高鳴りを覚えた。だが反面、瞳は拒まないだろうという自信もあった。

驚いたように瞳が顔を上げた。

その大きな目が眩しく、明夫はすぐに顔を寄せてピッタリと唇を重ねてしまった。

「ン……」

瞳が小さく声を洩らし、熱い息を弾ませた。僅《わず》かに身じろいだものの逃げようとはせずに、ビクリと身体を強《こわ》ばらせただけだった。そして間近に迫る明夫の眼差しを恐れるように、すぐに長い睫毛《まつげ》を伏せた。

明夫は、美少女の震えを感じ取りながら、それ以上に目眩《めまい》を起こすほどの感激を覚えていた。

何しろ、今まで夢にまで見たファーストキスを体験しているのだ。

瞳の唇は柔らかく、グミのような弾力があった。切れぎれに洩れてくる息は湿り気があり、新鮮な果実のような甘酸っぱい良い匂いがしていた。さらにリップクリームの淡い香りが乾いた唾液の匂いに混じり、ふんわりした黒髪の乳臭い匂いまで可愛らしく感じられた。これが少女のフェロモンなのだ。

彼女が目を閉じたため、明夫は美少女の顔を間近で観察することができた。

こんなに近くで女の子の顔を見るのは生まれて初めてだ。案外、前髪に隠された眉が濃く、肌はきめ細かかった。頬の神聖な丸みに産毛が輝き、伏せられた睫毛が微《かす》かな呼吸とともに震えていた。

長い時間に感じられたが、実際は二、三秒ほどだったろう。さすがにためらいがあって最初から舌は入れるようなことはせず、触れ合わせただけだった。明夫は彼女の肩を抱いていたが、瞳の方は恥ずかしいのかしがみつくこともせず、やがて力が抜けるようにクタクタと座り込もうとした。

「ああ……」

唇が離れ、瞳は小さく声を洩らしながら失神するようにもたれかかってきた。

どうやら可憐で純粋な少女は、唇同士が触れ合っただけで気が遠くなってしまったようだった。

明夫は慌てて彼女の身体を支えながら、自分も椅子に腰を下ろした。

ちょうど瞳は彼の膝に横座りになり、ずり落ちないように今になってようやく両腕を回してしがみついてきた。

セーラー服の胸元から、甘ったるい汗の匂いが揺らめき、股間に彼女の体重を感じながら明夫は激しく勃起してきてしまった。スカート越しにお尻の割れ目が分かり、丸みと弾力が艶めかしく伝わってきた。

明夫は手のひらを彼女の頬に当て、再び引き寄せて唇を求めた。

今度は互いの顔が九十度近く交差し、密着した時に僅かに瞳の唇がめくれた。それに勇気づけられ、明夫は思いきって舌を差し入れてみた。

舌先が美少女の唇に触れ、さらに中に入ると固い前歯に触れた。舌を左右に動かして歯並びをたどり、唾液に濡れた唇の内側や引き締まった歯茎を舐めまわすと、ようやく瞳の歯が開かれた。

熱く甘酸っぱい匂いの籠もる口の中に完全に潜り込むと、明夫は柔らかな瞳の舌を求めて舐めまわした。

「ンンッ……!」

瞳は熱い息とともに声を洩らし、反射的にチュッと彼の舌に吸いついてきた。

美少女の舌はトロリとした温かな唾液に濡れ、うっすらと甘い味がした。これは何の甘さなのか。ジュースでも飲んでいたのか、それとも自然のままで甘いのか、明夫には分からなかった。

明夫は、瞳の可愛らしい吐息を嗅ぎながら舌をからめ続け、いつまでもこうしていたいと思った。彼女のお尻の下では最大限にペニスが膨張し、それがコリコリするのか、たまに瞳も座りにくそうに腰を動かした。その刺激に、明夫は今にも漏らしてしまいそうなほど高まった。

明夫は瞳の生温かな唾液をすすり、口の中を隅々まで舐めまわしながら、そっとセーラー服の胸に手のひらを這わせた。

「あッ……！」

もう瞳も息苦しくて限界に達していたのだろう。小さく声を上げて顔を離し、胸を庇《かば》うように身体を密着させ、彼の耳元で熱い呼吸を繰り返した。

明夫も仕方なく胸から手を離し、抱き締めたままじっとしていた。

「ごめんね。大丈夫……？」

ようやく瞳の息遣いも治まりかけた頃、明夫は彼女の髪の匂いを感じながら囁いた。

「うん……、でも恐いわ。どうしていいかわからない……」

瞳がか細い声で答え、今さらながら彼の膝に座っていることに気づいたように、慌てて立ち上がった。

「私、もう帰らないと……」

身を離して、そう言われてしまってはもう明夫は何もすることができなくなってしまった。それでもキス体験ができたのだから、胸は歓びでいっぱいだった。まだ唇は、痺《しび》れたように感激が残っていた。

「うん。僕も帰る」

明夫も言って立ち上がり、私物を入れたバッグを持って瞳と一緒に部室を出た。

「卒業式の前の日あたりには戻っているから、またここへ顔を出すよ」

「ええ……」

言っても、瞳の返事は空ろだ。明夫以上に初めてのキスの興奮と衝撃が残っているのだろう。

家へ帰って、いきなり親の前で泣き出さなければよいが、と明夫は思った。それでも瞳は、フラつきそうな身体を立て直し、しっかりと階段を下りて下駄箱へ行った。

やがて明夫は、校門の前で瞳と別れた。家の方角が違うのだ。

周囲には田畑が広がり、遠くの山の頂《いただき》は雪で真っ白だった。この下校の風景も、あと少しで見納めだと明夫は思った。

2

（会うのは何年ぶりだろう……）

明夫は、新幹線の車窓から景色を見ながら思った。窓の外は、東京が近づくにつれ緑よりもビル街の方が多くなってきた。

早朝に家を出発し、車内で昼食をすませ、今はそろそろ日が傾きはじめていた。

旅立ちの気分は最高だった。何しろ昨日念願のファーストキスをしたのだ。すっかり、故郷に恋人を待たせているような心持ちだった。それに、これから暮らすであろう東京を思うと、希望で胸がいっぱいだった。

今回は受験する各大学の下見をして予備校の模試を受け、東京の地理、雰囲気に馴れるための滞在である。受験の本番は高校卒業前の二月末だった。明夫は、私大文科系の受験科目、国、英、社の成績は学年でも上位だったから、まず大丈夫だろう。受験に関しては、昨日のキスほどの緊張は湧かなかった。

やがて東京駅に着いた明夫は、少し迷いながら山の手線で池袋に出て、さらに西武線に乗った。

訪ねる叔父の家は、練馬区にある築五年の一軒家だ。

父の弟である柏木義久《よしひさ》は四十五歳。明夫が志望している大学で、東洋史の准教授をしていた。子はなく、妻の菜保子《なほこ》は三十二歳だった。昔の教え子だったらしいが、結婚して五年になる。

五年前の結婚披露宴には明夫も出席し、それが叔母、菜保子との初対面だった。そして数年前の正月に、夫婦で訪ねてきた時に会ったきりだから、今回菜保子に会うのは三度目である。

彼女はいつも清楚な和服が似合い、色白で、美しくて優しい印象だったが、今も同じだろうか。半月足らずの滞在にしろ、迷惑ではないだろうか。叔父は気さくに呼んでくれたが、今回は菜保子とは電話でも話していないのだ。

微かな不安を抱きつつ改札口を出た明夫は、住所を頼りに叔父の家を探した。ビル街を外れた住宅街とはいえ、家と通行人の多さに圧倒されたが、途中に住宅の標示板があり、さして迷わずたどり着くことができた。

わりに綺麗な二階建てで、駐車場には白の軽自動車が停車している。これが菜保子の車だろう。隣にはもう一台分のスペースもあった。その奥に芝生のある小さな庭があり、敷地の周囲は白い柵で囲まれていた。

チャイムを鳴らすと、すぐに玄関のドアが開いて菜保子が笑顔で出迎えてくれた。そろそろ来る頃だと、ずっと待機してくれていたようだ。

「こんにちは。明夫です」

「いらっしゃい。遠いところよく来たわね。疲れたでしょう」

透き通った優しげな笑みで言われ、ようやく明夫の小さな不安は解消された。

菜保子は、数年前に会った時と変わらず美しく輝いていた。肩にかかる黒髪に、赤い小さな唇。天女のような頬にはエクボが浮かんでいた。洋装の彼女を見るのは初めてだった。セーターの胸は何とも見事なボリュームを持ち、明夫は思わずその柔らかそうな胸に顔を埋《うず》めたいと思ったほどだ。

家に入ると、まずリビングに通された。

階下は、リビングとキッチン、バストイレと夫婦の寝室があるようだ。お茶を出され、明夫も両親から言いつかった菓子折を出す。

「自分の家と思ってのんびりしてね」

「はい。お世話になります」

「入学してからはどうするの？　二階の一部屋が空いているから、ずっとここに住んでもいいのよ」

社交辞令でなく、本心から言ってくれているようだ。

「いえ、せっかくだからアパートを探して、一人暮らしを経験したいです」

「そう。それならそれでいいわ。明夫さんは真面目だから、一人でも羽目を外すことはなさそうだし」

叔父から、明夫がおとなしくて真面目な性格だということを聞いているのだろう。実際の見た目も、彼は小柄で幼い印象があるから、むしろ一人暮らしで逞《たくま》しくなってほしいと思ったのかもしれない。

それに、叔父のいる大学に入学すれば、どちらにしろこの界隈に住むことになるのだろう。歩いてくる時も、かなり安そうなアパートを見かけたのだ。

やがて菜保子は二階に案内してくれた。

先に階段を上がる彼女の、むっちりした膨《ふく》ら脛《はぎ》を見ると、明夫は何やら胸の奥がモヤモヤしてきてしまった。瞳に感じるような欲望とはまた違う、全てを任せて縋り付きたい衝動に駆られた。

明夫が泊まるのは六畳の和室だ。普段は客間に使っているらしく、押し入れがあるだけで家具は置かれていない。明夫のために片付けたのかもしれなかった。畳には客用の布団が一組と、タオルにパジャマ、ティッシュの箱にクズ籠、目覚まし時計や電気スタンドなどが揃えられていた。

(ティッシュにクズ籠ということは、オナニー用なのだろうか……)

気をまわし過ぎには違いないが、明夫は見るもの全てがどうしても性的なものに結び付いてしまった。

「じゃ、私はお買い物に行ってくるからゆっくりしていてね。今夜はうちの人も早めに帰ってくるから。夕食は何がいい？」

「じゃ、カレーライス」

「わかったわ」

菜保子は笑顔で頷《うなず》き、自分だけ階下に下りていった。

明夫は彼女の残り香を貪るように深呼吸してから、部屋の隅にバッグを置いた。

二階は、他に叔父の書斎があり、あとはトイレと小さなベランダがあるきりだ。

窓から下を見ると、菜保子の運転する白い軽自動車が出発するところだった。

しばらく一人きりなので、明夫は一階に下り、こっそり家の中を探検してみた。玄関マットの上には、出ていったばかりの菜保子が今まで履いていたスリッパが置かれている。思わず触れてみると、まだ内部には温もりが残っていた。

何だかこの家へ来てから、菜保子のことばかりが心の中を占めていた。

鼻を突っ込むようにして嗅ぐと、ほのかな匂いが感じられた。あの上品で美しい叔母の足の匂いだ。それはふんわりとして生温かい、何とも淡く優しい匂いだった。

両方とも嗅ぐうちに、すっかり明夫のペニスが痛いほど突っ張り、射精しなければ治まらないほどになってしまった。

これから二週間ばかり世話になる親戚の人だというのに、いきなり欲情してしまうのは不謹慎と思いつつ、彼はこの衝動を抑えることはできなかった。

日頃、下級生の瞳を可愛いと思いつつ、やはり自分の未熟さを思うと大胆な行動はできないし、やり方も分からなかった。だから以前から、最初は綺麗なお姉さんに手ほどきされたいと願っていたのである。

だが上級生の女子に知り合いはいなかったし、若い女教師もおらず、いわば明夫にとって菜保子は、いきなり理想の年上の女性が出現したようなものだったのだ。

スリッパを正確に元の位置に並べて置き、明夫はリビングを通過して奥の寝室を覗いてみた。

ベッドが二つ並んでいる。セミダブルとシングルだ。シングルの方が菜保子だろう。

明夫はシングルベッドに置かれている枕にそっと顔を埋めた。清潔な枕カバーには抜けた髪一本落ちていなかったが、甘い匂いがタップリと染み込んでいた。髪やリンスの匂いに、汗やヨダレまで混じっているだろうか。

さらにシーツや毛布の内側まで嗅ぎ、ベッドの脇にある鏡台の前にあった口紅やヘアブラシの匂いまで貪った。ブラシには、さすがに長い黒髪が数本からみつき、明夫はそれを何本か抜き取ってハンカチに包んだ。もちろん今夜のオナニー用だ。

口紅はそっと先端を舐め、クズ籠からはティッシュまで拾って広げた。ハナをかんだようなものではなく、何の付着もないから恐らく顔でも拭いたものだろうか。よく見るとうっすらと脂分が染み込んでいた。

匂いを嗅ぎながら明夫は、とうとうペニスを引っ張り出してしごきはじめた。そしていじったものを全て元の位置に戻し、勝手に侵入した痕跡がないかどうか念入りに確認してから寝室を出た。

まだ帰ってこないだろうが、外の車の音には神経を使った。

バスルームの前にある洗面所兼脱衣室に入ると、鏡の前に二本の歯ブラシが置かれていた。赤い方が菜保子のものだろう。それを嗅いだがハッカ臭すら感じられない。それでもペニスの先端にそっと触れると、微電流でも走ったような妖しい快感が湧いた。

歯ブラシにカウパー腺液がついてしまったが、これはあえて洗わず元に戻すと、何やら大犯罪でも犯したような気持ちになって膝が震えた。

そして洗濯機の中を見てみると、まだ水の張られていない内部に僅かながら洗濯前の衣類が入っていた。

叔父のものらしい靴下とワイシャツ、下着。そして探るうち、菜保子のショーツを発見した。

（うわ……、何て色っぽい……！）

生まれて初めて触れる、女性の下着だ。明夫に繊維の種類は分からないが、それは純白で、表面に淡い光沢のあるものだ。模様や装飾はないが、裏返すと股間の当たる部分だけ二重になっていた。

息を弾ませながら顔を押し当てると、全体にうっすらと菜保子の甘い体臭が染みついていた。股間の当たる部分には、さして目立った汚れはないが、それでもよく観察してみると淡い変色があった。鼻を埋め込んで嗅ぐと、汗の匂いとは異質の、微かに甘酸っぱいような芳香が感じられた。

これが大人の女の匂いなんだ。そう思うと胸が激しく高鳴り、明夫は堪らずに本格的なオナニーを開始してしまった。

何度も何度も息を吸い込み、少しでも多く菜保子の匂いを吸収しようと努めた。この成分は、汗とオシッコ、女性特有の分泌物や恥垢、あるいは愛液の匂いも混じっているのだろうか。

ショーツの前後を確認してから、大体どの辺りに割れ目や肛門が当たるのか見当をつけて嗅いでみたが、淡いシミのあるのは恐らく膣口か尿道口の部分で、肛門が密着する周辺は何の変色も匂いも感じられなかった。

とにかく匂いも汚れも、予想を遙かに下回る清潔なものだったが、それでもこのショーツを菜保子が身に着け、股間に密着させていたことは厳然たる事実なのだ。

その事実だけで充分であり、明夫は嗅ぎながらオナニーし、たちまち激しい絶頂の快感に全身を貫かれてしまった。

「ああッ……！」

小さく声を上げ、明夫は射精を予測して準備しておいたティッシュの中にドクドクと放出した。全身が禁断の快感におののき、立っていられないほどのオルガスムスを味わうことができた。

やがて全て出しきった明夫は、まだ興奮の治まらぬ震える手でショーツを洗濯機に戻して蓋を閉め、ザーメンを拭いたティッシュはトイレに捨てて流してしまった。

3

「まだ酒も煙草もダメか。俺なんか高二から始めていたけどなあ」

帰宅した叔父は、上機嫌でビールを飲みながら言い、菜保子にたしなめられていた。

「だって、入学すれば嫌でも新入生の歓迎コンパで飲まされるんだから、少しぐらい練習した方がいいんだが、ま、いいか」

叔父は諦め、自分だけ新たなビールの栓を抜いて注いだ。

真面目一徹な明夫の父とは、あまり似ていない。気さくで物分かりがよさそうだが、父のような地方公務員ではなく華やかな准教授なのだから、できもよかったのだろう。

明夫は適当にあいづちを打ちながらカレーライスを食べていた。

内心では、笑顔の優しい菜保子の顔を見るたび、自分はこの人の股間の匂いを知っているのだという、罪悪感の入り混じった悦びが湧き上がってきてしまった。

やがて夕食を終えた明夫は風呂をすませ、少しリビングでテレビを観てから二階に戻っていった。一応は受験生なのだから参考書類は持ってきているし、毎日少しずつでも勉強しておかなければならない。

叔父叔母は明夫を気遣い、あるいは放っておいてくれているのか、下から彼を呼ぶことはあっても、まず二階に上がってくるようなことはなかった。

夜、明夫は夕方採集しておいた菜保子の髪を嗅いだり舐めたり、ペニスに巻き付けたりして、もう一度オナニーしてから寝た。もちろんザーメンを拭いたティッシュは室内のクズ籠に入れず、二階のトイレに捨てて流した。

翌朝、明夫が階下に降りると、もう叔父は出勤したあとだった。

「今日はどうするの？　大学へ行ってみる？」

朝食の支度をしながら菜保子が言う。

「いえ、明後日が模試なので、今日明日は勉強することにします」

「そう、じゃ下見は明後日以降でいいわね。うちの人が、書斎の机を使っていいって。本も自由に読んでいいけど、必ず元に戻してって言ってたわ」

「わかりました。有難うございます」

明夫は礼を言い、洗顔と朝食をすませて二階へ戻った。菜保子は、昼食までは声をかけないからと言って買い物に出ていった。

許可が下りたので、明夫は誰はばかることなく叔父の書斎に入ってみた。

かなり広く、床も頑丈に作られていた。十五畳ほどもある洋間で、窓際に大きな机、傍らにはパソコンと小型のビデオカメラ、そして小型テレビ。あとは全て本棚だった。しかも本棚は壁際だけでなく室内にも林立し、辛うじて間の通路を人がやっと通れるぐらいだった。本は、専門の史学以外にも雑多なジャンルが所狭しと揃えられ、ざっと見ただけでも一万冊はあるだろうと思えた。

叔父は気さくなわりに几帳面らしく、机の上は綺麗に片付けられ、本も全て整然と並べられていた。

その壮観な眺めに明夫はしばし見惚れ、やがて参考書とノートだけ机に置き、背表紙を眺めて歩いた。小説の類も多いが、やはり大部分が歴史関係で、中には軽めの紀行文やエッセイ、あるいは下の方にはポルノ文庫までちらほらと見受けられた。

ポルノ小説も読みたいが、今は書棚の探索の方に心が動いた。まずはざっと全体を把握してから、興味のあるものを手に取りたかったのだ。

（ん？　これは……？）

ふと、明夫は一番奥の最下段に注目した。そこは箱入りの豪華本、主に日本風土記などの全集が並んでいたが、どうも出っ張り具合からして、奥にも何かありそうだったのだ。

箱入り本を取り出すと、奥にはＤＶテープが並んでいた。全部で五本あり、ラベルには『菜』とだけあり、１から５までの番号がふられていた。

高山植物か山菜の記録だろうか。しかし明夫は菜保子の名を連想し、「１」と記されたテープを取り出し、ビデオカメラに入れ、テレビにつないでみた。

間もなく映像が映し出された。

（やっぱり、叔母さん……！）

明夫は驚きに目を見張った。

画面には、菜保子が映っていた。セミロングの今より髪が長く、豊満な現在よりやや痩せて顔立ちも若々しかった。右下には年月日が記録され、それが六年前のものだということが分かった。

してみると、叔父叔母が結婚する一年前、菜保子が二十六歳の頃ということになる。

明夫が驚いたのは、画面の中央にベッドがあり、菜保子が服を脱ぎはじめていたからだった。そして傍らには、やはり若い頃の叔父の姿もあった。

画面は固定されている。たまに叔父は、さり気なくこちらに視線を向けるが、菜保子はカメラの方は見なかった。

どうも、叔父がこっそりセットした隠し撮りのようだった。

画面には、ダブルベッドに洒落たスタンド、枕許には電話や電飾ボードなどが映っているから、入った経験のない明夫でも、そこがラブホテルだということが分かった。

何気なく再生した明夫だったが、やがて椅子にかけ、ジックリと目を凝らして観はじめた。妖しい禁断の雰囲気に、股間は激しく突っ張ってきてしまった。

菜保子は叔父の教え子で、卒業後も大学に残って助手を勤めていたと聞いている。これは、その頃の映像のようで、婚約する前か後かは分からなかった。

たちまち菜保子は下着姿となり、ブラが外された。今より痩せていたとはいえ、豊かな膨らみは今と同じぐらいだ。しかも明夫はセーター越しの胸しか知らないが、画面の中は薄桃色の乳首も乳輪も丸見えになっている。

明夫は思わずゴクリと生唾を呑んだ。

菜保子の表情は硬い。しかしいやいや脱いでいるような様子はなく、おそらく緊張と羞恥によるものだろう。よく聞き取れないが、時には談笑もしているから、これが初めてのセックスでないことも分かる。

叔父は手早く全裸になり、勃起しているペニスを露出していた。そちらは見たくないので、明夫はショーツを脱ぎ去って全裸になった菜保子の方ばかり注目した。

どうしても盗撮だから、菜保子の肢体はロングばかりだ。それでも見事な巨乳と色白の肌、股間の逆三角の恥毛まではっきりと見えた。

と、先に叔父がベッドに仰向けになると、その上から菜保子がのしかかっていった。これが二人のパターンなのだろうか。菜保子の動きはぎこちないので、叔父の趣味に付き合わされた感じなのかもしれない。

菜保子は上からピッタリと唇を重ね、熱い息を混じらせながら舌をからませているようだった。さらにキスを終えると、叔父が頭を押しやりながら、自分の乳房を舐めさせはじめた。しかも菜保子のお尻がカメラの方へ向くように誘導したから、明夫はこちらに突き出された白く豊満な双丘を見ることができた。

何と色っぽい眺めだろう。明夫は堪らずにファスナーを下ろし、突っ張っているペニスを引っ張り出した。

叔父はカメラを意識し、菜保子に内緒でさり気なく良い構図を作ろうと努めているのだろう。あとで画面を見てオナニーするためか、あるいは録画収集の趣味があるのかもしれない。

このとき叔父は三十九歳。まだまだ精力旺盛で、隠し撮りしたいと思うほど、まだ菜保子とはデートの回数を重ねていないのだろうと思った。一人の女性の肉体に飽きるほど慣れてしまえば、盗撮の必要もないだろうから、まだまだ二人の中は新鮮な時代であり、あるいは別れる可能性もあると思った叔父が記録しておいたのではないだろうか。

菜保子の豊かなお尻は白くスベスベで、まるでむき玉子のようだった。

お尻の谷間からはキュッと閉じられたピンクの肛門が見え、真下からは僅かな茂みと、はみ出した花弁まで覗いていた。

黙々と叔父の乳首を舐めている菜保子は、まさかお尻の方からビデオで撮られているなど知るよしもなく、また六年後に甥に見られるなど夢にも思っていないだろう。

やがて菜保子は徐々に唇と舌で叔父の腹を下降し、とうとう屹立した肉棒をスッポリと含んだ。

「……！」

明夫は息を呑んだ。あの上品な菜保子が、ペニスを頰張っているのだ。

まだ裏物の映像さえ見たことのない明夫は、美しい叔母の大胆な行為に目眩《めまい》を起こすほどの興奮を覚えた。すぐにもオナニーしたかったが、今は画面を追う方に夢中だ。

ここで射精してしまっては、続きを見る気力が失われるし、これからもっともっと良い場面に遭遇できるかもしれないのだ。

叔父が、上になっている菜保子の下半身を求めて引き寄せた。

菜保子も素直に、喉の奥までペニスを呑み込んだまま身を反転させ、恥じらいを含んだ仕草で仰向けの叔父の顔に跨った。

女上位のシックスナインとなり、叔父も彼女の腰を抱き寄せて股間に顔を埋めた。

しばらく、二人のそれぞれの股間で熱い息を籠もらせながら舌を這わせる音が続いた。

「ああン……！」

と、先に菜保子の方が降参したように顔を上げ、クネクネと身悶えた。

叔父も彼女の股間から口を離し、菜保子の身体を押し上げた。菜保子は身を起こして向き直り、そのまま女上位で彼の股間に跨《またが》っていった。

どうやら叔父は常に仰向けになり、受け身になりながら主導権を握るパターンが二人の間では定着しているようだった。

菜保子の唾液に濡れて光沢を放つペニスが、たちまち彼女のワレメに呑み込まれていった。横からのアングルだから、明夫の位置からは股間の様子まではよく見えない。

それでも菜保子は完全に座り込み、顔をのけぞらせて喘いだ。

たまに菜保子が身悶えながら偶然こちらに視線を泳がせることがあり、その時は明夫も思わずビクッと肩をすくませてしまった。いつしかビデオ映像ではなく、ナマで現実に覗き見をしている気分になっていたのだ。

菜保子は自分で腰を上下させて動き、やがて身を重ねていった。叔父も下から股間を突き上げて動き、とうとう明夫は激しい勢いでオナニーを開始してしまった。

4

「あ……、い、いく……、アアーッ……！」

菜保子が声を上ずらせて口走り、ガクンガクンと全身を狂おしく揺すった。

これが女性のオルガスムスなのだろうか。見ていた明夫も息を弾ませ、食い入るようにして画面に身を乗り出していた。

午後になり、すでにDVテープは三本目に入っていた。午前中に一回射精し、昼食後にまたこっそり観はじめたものの一本目から三本目は、ほぼ同じようなパターンの繰り返しだった。

菜保子は午後になると、近所のカルチャースクールに行ってしまった。趣味でガラス細工をやっているらしい。

昼食の時、明夫は菜保子の顔がまぶしかった。彼女の乳房も恥毛も、全裸の姿も、ペニスをおしゃぶりしたり喘いだり、セックスする全てを見てしまったのだ。

もちろん菜保子は、そのようなものを見られたとは夢にも思わず、いつもの通り優しくにこやかだった。

彼女が出ていくと、とにかく明夫は二階の書斎に入り、再び続きのテープを見はじめたのである。

画面の中の菜保子は、多少髪が短くなったり、脱ぐ前の服装が冬物になっていたりしていた。隠し撮りは数カ月おきのようで、ラブホテルの室内も微妙に変わっているが、基本的にデジタルビデオカメラを置く位置はベッドを横から見渡せる場所。恐らくバッグのファスナーを開け、その隙間から撮っている感じだった。

体位は、時には正常位やバックもあったが、フィニッシュは基本的に女上位での交わりが多かった。そして菜保子が脱ぐところから映され、すぐベッドに横になっているので、叔父はシャワーを浴びる前のワレメを舐めていることになる。

そして明夫は注意深くテープを巻き戻し、四本目をセットして再生した。

「うわ……！」

画面が現われると、明夫は思わず驚きの声を上げた。

何と、今度は今までの三本とはわけが違っていた。いきなり菜保子の顔のアップから始まっていたのだ。

「もう撮っているの？」

菜保子が、こちらをしっかりと見つめながら言う。カメラが徐々に引いていき、彼女の上半身が映った。ほんのり頰を染めながらも、菜保子はブラウスを脱ぎはじめていた。

映像がぶれるので、叔父は手持ちで撮影しているようだ。

画面右下の日付からして、挙式の少し前。もう婚約しているので、叔父は菜保子の了解のもとで撮りはじめたようだった。

やがて画面いっぱいに見事な巨乳が現われ、大写しになった。

ツンと突き立った薄桃色の乳首と、同じ色の乳輪が周囲の白い肌に溶け込んでいた。あまりにアップなため、乳輪と肌の境の微かなポツポツまではっきり見えた。

叔父は、左右の膨らみをジックリと舐めるように撮ってから、全裸になった菜保子をベッドに横たえた。その仰向けの身体を移動しながら撮り、黒々とした恥毛の丘がアップになった。

「脚を開いて」

叔父の声が、間近で聞こえた。それに、菜保子のか細い声が答える。

「だって、恥ずかしいわ……」

「二人だけの秘密だよ。それに独身時代最後の身体を、記念に残しておきたいんだ」

叔父の説得に、ようやく菜保子も僅かに立てた両膝を開いた。叔父はカメラを構えたまま、その股間に腹這いになっていったようだ。

ムッチリとした白い内腿が左右に広がり、その中心部がズームアップしてきた。

明夫は、生まれて初めて見る女体の神秘に、激しく呼吸を弾ませて凝視した。

丘には恥毛が繁り、真ん中の部分には縦長のワレメがあった。そこから唇のように花びらがはみ出し、下の方にはキュッと閉じられた肛門まで見えていた。

「自分で広げて見せて」

ひと通りアップで撮ってから叔父が言うと、菜保子は少しためらいながら、そろそろと両手を股間に当ててきた。そして両の人差し指で、グイッと陰唇を左右に開いた。カメラが接近しているため、微かにピチャッという湿った音まで聞こえ、内部の柔肉が丸見えになった。

外からはよく分からなかったが、中はヌメヌメと潤っていた。奥の方には、細かな襞に覆われた膣口が息づき、その少し上のポツンとした尿道口まではっきりと見えた。

明夫は熱烈な眼差しで見つめ、胸を高鳴らせながら、友人から回ってきたエロ本の女性器図解を思い出しながら一つ一つ確認していった。

上の方には小さな包皮の出っ張りがあり、その下からは真珠色の光沢を放つクリトリスが顔を覗かせている。

これが大人の女の性器なのだ。明夫はそう思いながら、その艶《なま》めかしい形状を瞼に焼きつけた。

すると画面の端から叔父の指が伸ばされ、広げられている柔肉に触れた。

「あん……」

菜保子が小さく声を洩らし、ビクンと内腿を震わせた。

叔父の指は膣口のまわりをいじり、浅く指を出し入れしたりしはじめた。指の動き

に合わせてクチュクチュと音がし、やがて指が離れると、透明な愛液が糸を引いてキラリと光った。さらにクリトリスをいじると、

「アアッ……、ダメ、感じちゃう……」

菜保子が、鼻にかかった甘い声で言いながら喘いだ。触れられなくても、見られて撮られている段階から感じていたのだろう。白く滑らかな下腹もヒクヒクと上下し、潤いも徐々に増しているように思える。

ようやく叔父の指がワレメから離れると、再び画面が彼女の肌を這い上がりはじめた。

ヴィーナスのような腹部には愛らしいオヘソがあり、さらに巨乳を移動し、菜保子の唇がアップになった。

赤い唇が開き、唾液にぬらりと光沢を持った白い歯並びが覗いていた。

すぐ画面に異様なものが割り込んできた。それは、やはり張り詰めて光沢を放つ叔父の亀頭だった。

叔父は完全に仰向けの菜保子の顔に跨り、左右に膝を突きながら自らの股間を撮っていた。そして粘液の滲む尿道口を菜保子の唇に触れさせ、こすりつけるように動かしはじめたのである。

「ン……」

菜保子は熱い息を洩らしながら前歯を開き、ぬめりのある舌を出した。尿道口をチロチロと舐め、大きく開いた口でスッポリと亀頭を含んだ。

何と艶めかしく、淫らな口だろう。アップで見ると迫力があり、おしゃぶりされるのはどんな快感だろうかと明夫は思った。

叔父が喉の奥まで押し込むと、深々と頬張った菜保子は熱い鼻息で彼の恥毛をそよがせながら、貪るようにモグモグと口や頬を蠢かせた。恐らく内部でも、激しく舌が動いているのだろう。

次第に叔父も腰を前後させ、まるで菜保子の口でセックスするようにペニスを出し入れさせた。そして危うくなったのだろうか、いきなりスポンと引き抜くと、さらにのしかかって菜保子に陰囊《いんのう》までしゃぶらせた。

菜保子は息を弾ませながら懸命に舌を這わせ、袋にも音を立てて吸い付いた。

両思いの男女というのは、こうした行為もためらいなくできるのだと思うと、明夫は無性に羨《うらや》ましくなった。故郷へ帰れば瞳との進展も待っているだろうが、いきなりこんな行為はできないだろう。

ようやく叔父が彼女の顔から股間を引き離すと、手にしていたビデオカメラを枕許に置き、上下入れ代わっていつもの通り叔父が仰向けになった。
今度は菜保子が彼の顔を跨いで充分にワレメを舐めさせてから、女上位で一つにな
っていった。
カメラの位置がベッドの横ではなく枕許なので、上になった菜保子をほぼ正面から
見ることができ、まるで明夫自身が菜保子に乗られているような臨場感があった。
「ああッ……、気持ちいい……」
上体を起こしてのけぞりながら、菜保子が喘いで言った。たわわに揺れる巨乳を、
下から叔父が手を延ばして揉んだ。
菜保子は自ら股間を上下させて動き、やがて身を重ねてきた。
互いに股間をぶつけ合うように激しい律動を続けながら、叔父はたまに屈み込んで
乳首を吸い、次第に高まって動きを早めた。
菜保子も夢中になって息を弾ませ、上から叔父に熱烈なキスをし、ときには顔じゅ
うにまで舌を這わせた。
こんな美女に顔を舐められ、唾液にまみれるのは、いったいどれほどの快感であろ
うか。
明夫もオナニーしながら高まり、とても五本目まで見る余裕もなく、あっという間

にオルガスムスの快感に貫かれてしまった。

ドクンドクンと勢いよく飛び散るザーメンを、用意しておいたティッシュに受け止めながら、明夫は同時に高まる菜保子の表情を見つめた。

「いっちゃう……、アアッ！」

菜保子が声を上げ、ガクガクと全身を波打たせた。

叔父も達したように激しく下から突き上げ、やがて明夫が最後の一滴まで出しきる頃、画面の二人も動きを止めてグッタリとなった。

5

「明日は模試か。まあ気楽にやってくるんだな」

「はい。帰りに大学の方も見学してきます」

帰宅した叔父と三人で夕食を食べながらも、明夫は二人のカラミばかりが頭に浮かんでしまい、股間がムズムズと妖しくなって閉口した。

そして風呂に入ったが、初日以来、菜保子の使用済みショーツを発見することはできないでいた。どうしても彼女は最後に入浴するので、そのときまで下着は洗濯機に入れないし、翌朝は明夫が起きる前に洗濯してしまうのが常だから、あのときはよほどラッキーだったのだろう。

模試の前夜なのでろくにテレビも見ず、風呂から上がると明夫は二階に戻っていった。しかし、もちろん勉強などには集中できない。何しろ書斎を借りているから、すぐ横にはテレビがあり、奥の本棚には五本目のテープがあるのだ。

叔父も、今は特に急ぎの論文などないようで、完全に書斎は明夫専用にしてくれ、夜に入ってくることなどないのだ。

どうせ階下でも順々に風呂に入り、テレビでも見て寝てしまうだろう。叔父は酒好きだから、風呂上がりにも一杯やるし、寝るまで延々と飲んでいることがあるのだ。

明夫は、とうとうテープを見ることにした。

どうせ勉強には集中できないし、叔父が上がってくることもない。もちろん寝るには早いのだから、気がかりを解消してしまうのが一番だった。日頃から、一日に三度ぐらいのオナニーは当たり前だから、今夜もう一回抜けばぐっすり眠れるだろう。それが、明日の模試にはいちばんよいことのように思えた。

五本目のテープをビデオカメラにセットし、テレビのボリュームを絞って再生ボタンを押した。

今までの四本は、平均してほぼ九十分ぐらい録画されていた。それぐらいの時間が、叔父が一回射精するサイクルなのだろうか。二回目を行なわないのは、四十近い年齢だから仕方のないことかもしれない。他の女性を相手にするならともかく、これから結婚して一緒に暮らそうという人なのだから、いかに婚約中の燃えている時期でも、無理に回数を重ねる必要もないのだろう。

とにかく最後の一本も、すでに菜保子が録画を承認しているものだろうから、アップ撮りなど明夫の期待も高まっていた。

やがて画面が現われてきた。

(わ、なんて色っぽい……！)

毎回驚かされているが、今回はいきなり菜保子の全身像から始まっていた。

しかも裸で、黒いストッキングとガーターベルトだけしている。菜保子の表情は、とても颯爽とした女王様からは程遠い、清楚で控え目な雰囲気だった。

今回は最初から固定カメラで、何と、全裸の叔父がベッドではなく床に寝転がっていた。

「本当にいいの……？」

菜保子が、叔父を見下ろしながらオドオドと言う。それでも、そうした口調からかなりくだけた仲になっているようだ。日付を見ると五年前、二人の結婚直後である。そして場所もラブホテルではなく、窓や鏡台が見えている。どこかで見た部屋だと思ったら、何と新築して間もない、この家の寝室ではないか。

叔父が頷くと、やがて菜保子はそろそろと片方の足を上げ、ストッキングの足裏を彼の顔に載せた。

「もっと強く……」

下で叔父が言いながら、鼻を塞いだ足の裏を貪るように嗅いでいた。

最初はためらいがちだった菜保子も、いったん踏んでしまうと落ち着きを取り戻したのか次第に慣れたように体重をかけはじめた。さらに彼の鼻と口を塞ぐように踏み付け、感触を味わうようにグリグリと動かしたりした。

「く……」

叔父が小さく呻き、クネクネと身悶えた。快感を覚えている証拠に、急角度に勃起したペニスもヒクヒクと動いている。

SMふうの行為に、見ている明夫も激しく興奮してきた。

菜保子の表情や仕草には、まだまだ理性が残り、懇願されているので仕方なく応じているという感があり、それが何とも言えない雰囲気をかもし出しているのだった。

かえって菜保子が女王様然とし、自分からあれこれハードな行動を起こしていたら興醒めであっただろう。

だから、ここでも叔父は受け身になりながら主導権を握っていることになる。

「脱いで……」

叔父が言うと、菜保子はいったん足を下ろしてベッドに腰掛け、ガーターベルトとストッキングを脱いだ。そして一糸まとわぬ全裸になると再び、今度はベッドに座ったまま素足で彼の顔を踏みはじめた。

叔父は、やはり足指の股に鼻を押し当てて嗅ぎ、舌を這いまわらせた。

さらに菜保子は、もう片方の足でペニスを踏み、コリコリと動かした。

「ああ……」

叔父が喘ぎ、やがて我慢できなくなったように彼女の下半身を引き寄せ、和式トイレスタイルで顔にしゃがみ込ませた。菜保子も素直に股間を押し付け、叔父にワレメを舐めさせた。

叔父は念入りに花びらの内部を掻き回すように舐め、クリトリスに吸いつき、さらに潜り込んで菜保子の肛門にまで舌を這わせた。

「あん……」

菜保子も喘ぎながら、それでもさすがに完全に体重をかけないよう注意しながら両脚を踏ん張っていた。しかし、途中で叔父は彼女の股間を這い出して身を起こし、ビデオカメラを持って移動していった。

初めて、寝室以外の場所が映った。それは、この家のバスルームだった。

叔父は脱衣室の床の良い位置にカメラを置き、ドアの開け放されたバスルームに入ってタイルの床に仰向けになった。

そこへ菜保子が立ったまま跨り、僅かに眉をひそめて息を詰めはじめた。下では叔父が息を弾ませ、期待にヒクヒクとペニスを上下させていた。

「駄目よ、出ないわ……」

「いいから努力して。いつまでも待つから」

菜保子の言葉に叔父が答えると、なおも彼女は頬を強ばらせて力んだ。するとまもなく、菜保子の股間からチョロチョロと弱々しい流れが落下してきたではないか。

(うわ、まさか……!)

見ていた明夫は息を呑み、美しい叔母の立ったままの放尿に目を凝らした。

「ああ……」

菜保子は、自分のしていることを嘆くように声を洩らし、今にも座り込みそうなほど上体をフラつかせた。そして壁に手を突いて倒れそうな身体を支え、次第に放尿の勢いを強めていった。

放物線を描く流れは、仰向けの叔父の胸を直撃し、派手な跳ね音を上げた。

叔父は恍惚の表情で僅かに移動し、その流れを口に受けて飲み込みはじめた。

「いや……、ダメよ、そんなこと……」

菜保子が驚いたように言い、身じろぐたびに水流が広範囲に揺らいだ。

そうした会話や仕草から、これが二人にとって初めての行為だということが分かった。

やがて長々と続いていた流れも勢いを弱め、あとは点々と滴るだけになった。だが、そのシズクが次第にツツーッと糸を引くように粘つきはじめたではないか。放尿を終えると同時に新たな愛液が湧きだし、オシッコのシズクに混じって滴りはじめたのである。

顔も身体もビショビショになった叔父が、菜保子の手を引いて顔に跨らせた。

「アアッ……、やめて、汚いから……」

再び和式トイレスタイルになった菜保子は、オシッコに濡れたワレメを舐められて口走った。

叔父は嬉々として下から激しく舌を這わせ、オシッコ混じりの愛液をすすった。

「ああン……、いきそう、気持ちいいッ……!」

恥じらいに身をくねらせていた菜保子も、たちまち快感に包まれたように喘ぎ、やがて自分からグリグリとワレメを彼の顔いっぱいにこすりつけはじめたではないか。

控え目で上品な菜保子が、そのように悶える様子は何とも迫力があった。

(す、すごい……!)

見ていた明夫は激しく興奮し、少しペニスをしごいただけで、あっという間にオルガスムスの快感に貫かれてしまった。何しろ、菜保子の立ったままのオシッコ姿が見られたのだ。それはある意味、セックス以上に強烈な光景だった。

しかも、それを叔父は身体に浴び、口にも受けて飲み込んだのである。

明夫は何やら目から鱗が落ちたようだった。今までセックスのみに気持ちがとらわれ、女体の扱いが分からないから消極的になっていた部分があるのだが、叔父の奔放なやり方を見て、自由でよいのだということが分かった気がした。

(そうだ。好きな女性のオシッコは、飲んでもいいものだったんだ……)

明夫は、急に世の中が明るく開けたようだった。

今までは悶々とオナニーをし、未体験のセックスよりも女性の匂いにばかり気持ちがいっていた。だから菜保子のスリッパや下着を漁ったりして、その匂いでオナニーしてきたのだ。

しかし叔父も、素直に菜保子の足指や、シャワーを浴びる前の股間を貪っていた。それを挿入以上に大切なこととして扱っていたように思える。

それでよかったのだ。愛し合っていれば何もセックスのテクニックなど必要なく、好きなように好きな人の匂いを貪り、出たものをもらえばよいのだった。

そして、それ以上に、叔父の要求に応じる菜保子は素晴らしい女性だと、あらためて思った。図々しくも慣れ合いにもならず、あくまでも恥じらいを残したままアブノーマルな行為をしてくれる女神のような女性、それが菜保子なのだった。

明夫は溜め息をつき、出しきったザーメンをティッシュで拭った。

五本目のテープは、バスルームのシーンで終わっていた。

あとは結局、いつものような女上位のセックスが始まったのだろうが、もういちいち録画しなかったようだった。

最近も、こうした行為はしているのだろうか。書斎の中には他のテープは発見できず、明夫は現在の菜保子がどのような夫婦生活をしているのか激しく気になった。

第二章　初体験の余韻

1

「あの、すいません。東洋史の研究室に行きたいんですが」

明夫は、叔父のいる大学のキャンパスで一人の女子大生に声をかけてみた。別に、美人を選んだわけではないが、案内掲示板さえ見当たらなかったので、たまたま一人で歩いてくる女性に訊ねたのである。

「私も行くところよ。ちょうどよかったわ。一緒に行きましょう」

赤いコートの彼女は、白い息を弾ませて気さくに言ってくれ、やがて一つの建物の中に案内してくれた。

今日は明夫は、代々木まで出て予備校の模試を受け、そのまま練馬に戻って大学に来たのである。上京してからは、何しろ菜保子と、夫婦のDVテープに心を奪われてあまり勉強していなかったが、まずまずの手応えだった。結果はまだ先だが、この分なら本番もうまくいくだろうと思った。

「うちの学生、じゃないわよね。まだ高校生かしら？」

階段を上がりながら彼女が訊いてくる。ショートカットで化粧っ気はないが、整った顔立ちで明るく活発そうな印象があった。スラリとした長身で、明夫より目ひとつ背が高い感じだった。

「ええ、受験生です。今日は下見に来ました」

「そう。それがなぜ東洋史の研究室に？」

「叔父が准教授なんです。柏木義久という」

「まあ、柏木先生の甥御さん？　私、これから先生にレポートを持って行くところなの」

彼女は笑みを浮かべて言い、バッグからレポート用紙に書かれた名前を見せた。

「三年の小管浩子《こすげひろこ》よ。もし君が受かれば、一年間は顔を合わせるわね」

「はあ、僕は柏木明夫です」

明夫が頭を下げると、やがて浩子は三階まで上がって廊下を奥へ進んだ。

いちばん奥の正面が非常口。そのひとつ手前のドアを浩子はノックして入った。

多くの机が並んで、講師や助手らしき人たちが事務を執っていた。浩子は会釈して奥へ行き、さらに木製のドアをノックして入り、明夫を招き入れた。

「おお、来たか」

叔父が顔を上げ、浩子と明夫を不思議そうに見比べた。

ここは叔父の私室のような感じだった。大きな机と、書類ケースや本棚が並んでいる。ここでもやはり几帳面な性格が出て、自宅の書斎同様に本は整然と並び、雑然とした印象はなかった。

「甥御さんをご案内してきました。ではこれ」

浩子はレポートを手渡し、そのまま明夫を置いて出てゆこうとした。

「あ、小管くん。悪いんだが、もし時間があるなら彼を案内してやってほしいんだが」

叔父が彼女を呼び止めて言った。

「ええ、構いませんが」

「急な台湾行きが決まってね、その準備で忙しくなってしまったんだ」

「わかりました。夕方までにお宅へお帰しすればいいですね」

浩子は言い、

「じゃ行きましょう」

明夫を促し、先に部屋を出ていった。

「いろいろ見てまわるといい。僕が案内してやれなくて悪いが」

「いいえ、では行ってきます」

明夫は言い、浩子を追って部屋を出た。

「すいません。いいんですか？」

「ええ、レポートが終わったばかりだから、今日は暇なの。相方は出かけてしまっているし」

「相方って？」

「同居人。普段は何かと一緒に行動しているのだけれど」

「同棲ですか」

「女の子よ。高校時代の後輩」

浩子は笑って言い、二人は建物の外に出た。

「どこが見たい？」

「何を見ていいんだか、よく分からないんです。でも入学が決まったわけじゃないし、入ってからいろいろ楽しみながら探検したいですね」

「そうよね。食堂や購買部なんか分かりやすい場所だし。入りたいクラブとかは？」

「考えてないです。高校は文芸部だったけど」

「そう。東京は？」

「中学時代に修学旅行で寄りました。でも浅草や皇居周辺だけだったから」

「じゃ渋谷や新宿は行ってないのね。学内より、そっちを見学する？」

浩子は言い、明夫を誘ってすぐに大学を出てしまった。あるいは買い物でもしたかったのかもしれない。

西武線で池袋まで出て、まずは山手線で新宿に出た。

車内でいろいろ話し、浩子が岡山の出身だということが分かった。二十一歳で、高校時代はバレーボール部にいたということだ。

歌舞伎町で、浩子は少し化粧品などの買い物をし、それから渋谷に出た。ブティックまわりを付き合わされ、道玄坂でお茶を奢《おご》ってもらった。

「明夫くんは、彼女いるの？」

「いえ……」

瞳のことを話そうかと思ったが、キスだけでは、まだそれほどの仲ではない。それに本能的に、キスも知らない無垢を装った方が、このお姉さんが面倒を見てくれるような気がしたのかもしれない。

「お姉さん、いえ失礼。小管さんは？」

思わず言ってしまってから、明夫は頬を熱くした。

「いいわ、お姉さんで。でも、そう呼ばれるの初めて」

浩子は慈《いつく》しむような目で笑みを向けた。彼女は兄と二人兄妹らしい。

「私は彼氏いない歴半年。他の大学の人だったけど、なんか飽きて別れちゃった。でも明夫くんは、うんと頑張って彼女作らないとダメよ。セックスも、うんとしなければ」

「え……？」

明夫は、綺麗な女子大生の口からセックスという言葉が出て思わず胸を熱くした。

「でないと、柏木先生みたいになっちゃうわよ」

浩子に言われ、明夫は驚いて身を乗り出した。

「叔父みたいって、どういうことですか？」

「堅物で有名なの。案外カッコいいから女子大生にモテるのに、まったく振り向きもしないんだって。もちろんホモじゃないだろうけど、とにかく真面目一徹で面白味がないの。綺麗な奥さんがいるけど、ひょっとしたら何もしていないんじゃないかって噂よ。お子さんもいないようだから、まだ童貞と処女じゃないかなんて言う子までいるの」

「へえ……」

叔父の意外な評判に、明夫は目を丸くした。

もっとも、彼もあの映像を見なければ、浩子の言葉を信じてしまったかもしれない。

してみると叔父は、あくまで菜保子一筋であり、女子大生やその他の愛人などとは一切関係を持っていないようだった。

よほど菜保子との相性が良かったか、あるいは菜保子以外の女性に自分の性癖は知られたくないのかもしれない。いや、それともテープは五年前までだったから、今ではすっかり気が済んで、そうした衝動に駆られなくなってしまった可能性もある。

「セックスは、興味あるでしょう？」

「ええ、もちろんあります……」

「誘惑してもいい？」

浩子が顔を寄せ、じっと明夫を見つめながら囁いた。

「せっかく東京へ出てきたのだから、ラブホテルに入ってみるのも社会勉強よ」

「はあ……、でも……」

明夫は、どのように答えてよいか分からない。浩子が冗談で言っているのかもしれないし、軽く返せるほど女性との会話に慣れていないのだ。

「私が初めてじゃ嫌？」

「い、嫌じゃないです……」

「そう、じゃ行きましょう。すぐ。夕食までには帰らないといけないんでしょう」

浩子が伝票を持って立ち上がった。明夫も慌てて立ち上がり、ジャンパーを羽織って喫茶店を出た。

外に出ると冷たい風が頬を撫でたが、胸は高鳴り、やけに顔が火照っていた。

ここまでくれば、浩子も冗談ということはないだろう。

それでも彼女も、少年をホテルに連れ込むということで多少の緊張があるのだろう。

その頬は強ばり、言葉少なになっていた。

路地に入ると足早になり、すぐにラブホテル街が見えてきた。

「ここでいいわね」

浩子が手近なところで短く言い、先に中に入っていった。

自動ドアからロビーに入ると、また暖房の熱気が全身を包んだ。

物珍しげに見回す余裕もなく、浩子がすぐに部屋案内パネルのボタンを押し、フロントに行ってキイをもらった。

そして無言でエレベーターに乗り、三階まで上がった。浩子がキイの番号を確認し、その番号のあるドアを開けた。

生まれて初めてラブホテルの個室に入るという、明夫にとっての歴史的瞬間だった。

2

「ちょっと待っててね」

浩子は入ってすぐにバスルームに入り、バスタブにお湯を溜めはじめた。かつて彼氏がいたというから、もう何度かラブホテルにも入ったことがあるのだろう。

明夫は緊張しながらも、思っていたよりずっと狭い室内を見回した。

ドアから中に入って靴を脱ぐと、すぐにダブルベッドが据えられた部屋となり、その傍らに小さなテーブルと椅子が二つ。さらに冷蔵庫があり、奥の洗面所も丸見えで、バスルームへの、すりガラスのドアがある。玄関脇のドアがトイレだろう。

準備を終えてバスルームから出てきた浩子は、ベッドの枕許にあるスイッチで静かなBGMを流した。

「何か飲む?」

「いえ、なにも……」

「そうよね、いま飲んできたばかりなのだから。じゃ、すぐにお湯が溜まるからお風呂に入りましょう」

言いながら、浩子は自分のコートと彼のジャンバーをハンガーに掛けた。

そして、一緒に入浴しようというのか、今にも脱ぎそうな様子で、時計やアクセサリーを外しはじめた。

「あ、あの……、お願いがあるんです……」

「なあに？」

「できれば、その、最初にお風呂に入るのは僕だけにしたいんです……」

明夫は、思いきって言ってみた。叔父のビデオの影響であろうか、とにかく菜保子のショーツで感じたような、ナマの匂いを知りたかったのである。

「どうして？」

「僕、初めてだから……、どうしても、女の人の自然のままの匂いが知りたいから……」

「まあ……」

浩子は少し驚いたようだった。

「いいけど、ちょっと恥ずかしいわ……。ゆうべ入っただけだし、今日も動きまわっているから、汗臭いかもよ」

「どうか、お願いします」

「ふうん。そういう願望があったんだ。でも真面目な先生とは少し違っていて安心したわ」

浩子は、叔父のことを勘違いしたまま、納得したように頷いた。

「いいわ。じゃ私脱いで先にベッドに入っているから、一人でお風呂に入ってきなさい」

言われて、明夫は緊張に胸を震わせながら脱衣所に行った。ベッドの方から見えてしまうが、浩子は特にこちらも見ず、ベッドルームの照明を暗くしていた。

明夫は手早くシャツとズボン、靴下を脱ぎ、最後の一枚も脱ぎ去って、洗面台にあった歯ブラシを持ってバスルームへと入った。

バスタブには半分ほど湯が溜まり、熱気とともに、浩子が入れたらしい入浴剤の匂いが充満しはじめていた。

明夫は先にシャワーの湯を浴び、緊張を紛らそうと放尿しながらボディソープで身体を流した。そして、まだ湯の出続けているバスタブに浸かって歯を磨いた。温泉以外で、足の伸ばせる風呂に入ったのは初めてだ。壁にあるボタンを押すと、内部の何カ所からか勢いよく泡が噴き出てきた。

（いよいよ、初体験するときがきたんだ……）

温まりながら、明夫は緊張の中で思った。

全ては、瞳とのキスから始まったような気がする。やはり瞳が幸運の天使だったのだ。

上京して菜保子に心を奪われ、下着を嗅ぎ、秘密のビデオを見てしまった。そして今日初めて会ったばかりの浩子と、こうしてラブホテルに来ているのだ。

それを、瞳に申し訳ないとは思わなかった。早く、彼女よりもっともっと大人になって故郷へ帰り、あれこれ瞳をリードしてみたかった。

だが今は、手ほどきされる受け身である。それがまた、ビデオの影響があるのかもしれないが、激しい期待となって股間を疼かせてきた。

やがてバスタブを出た明夫は、すっかり湯もいっぱいになったので止め、口をすすいでからシャワーを浴びて全身のシャボンを洗い流し、もう一度少しだけ放尿しておいた。

これで準備は万全である。

明夫は緊張に胸を高鳴らせながらバスルームを出て、急いで身体を拭いた。

すでにベッドルームの大部分の灯りは消され、浩子は布団の中に潜り込んでいた。

明夫は全裸のままベッドに近づき、浩子の右側から入っていった。

すぐに浩子も身体をずらせ、明夫を迎え入れながら腕枕してくれた。温かく柔らかな肌が触れ、彼女も全裸になっていることが分かった。

「暗すぎるかしら……」

浩子が言い、手を延ばしてパネルをいじると、薄灯りが多少明るくなり、辛うじて彼女の表情や乳房が見えるようになってきた。

「大丈夫。恐くないのよ……」

あらためて顔を寄せ、浩子は胸に抱いた明夫に囁きかけてきた。彼女の湿り気ある吐息が、ほんのり甘酸っぱく香る。瞳の匂いに似ていた。

三つ年上の浩子の肌に包まれていると、どうしようもなく呼吸が震えてしまった。

目の前にある乳房は、ビデオで見た菜保子ほど大きくはないが、それでもツンとした上向き加減で形良く、頬を当てると空気がパンパンに入ったゴムまりのような張りと弾力が感じられた。

「震えてるわ。可愛いのね……」

浩子が、さらに顔を寄せて言う。さっきまでの世間話とは口調が一変して終始、内緒話のような囁きになっていた。

そして彼女は、とうとうピッタリと唇を重ねてきた。

甘酸っぱい果実臭がかぐわしく明夫の鼻腔を満たし、柔らかな唇が密着してくる。

自分から行動を起こした瞳とのキス体験とは、微妙に違う心持ちだった。

浩子は触れ合わせたまま、感触を味わうように軽くこすりつけ、彼の上唇をそっと挟んで吸い、さらに歯まで立ててきた。

これが上手なキスというのだろうか。明夫はうっとりとし、されるにまかせるように力を抜いた。

浩子は唇だけでなく、明夫の頬や鼻の頭にもチュッチュッと軽く唇を触れさせてから、あらためて唇を重ね、今度はヌルッと舌を潜り込ませてきた。

明夫も前歯を開いて受け入れると、浩子の長い舌が、彼の口の中を隅々まで舐め回した。

彼もからみつけるように動かすと、甘い唾液にトロリと濡れた舌の感触が、艶めかしく伝わってきた。

「ンン……、おいしい……」

触れ合わせたまま浩子が囁き、さらにグイグイと口を押しつけて、少しでも奥まで舐めようと舌を伸ばした。

いつしか彼女は仰向けの明夫に、完全にのしかかるように上から濃厚なディープキスを続けていた。そのため彼女の舌を伝って、生温かな唾液が少しずつ注がれ、それが何とも心地好く明夫の喉を潤してきた。

吸い込む空気は、全て女の匂いを含んだ浩子の吐息だ。その熱気に、明夫の鼻の頭までジットリと湿ってくるようだった。

ようやく長いキスが終わると、そのまま浩子は彼の頬を舌でツツーッと移動し、鼻筋から瞼までソフトタッチで舐めてから、耳の穴に舌を差し入れてきた。

「ああ……」

クチュクチュと内部で舌が蠢くと、淫らな音が頭の中に響いて明夫は喘いだ。

浩子はキュッと耳たぶを噛み、首筋を舐め下りながら布団をはぎ、彼の乳首に吸い付いてきた。

舌を這わされ、その部分も軽く噛まれると、甘美な震えが全身を走り抜けた。

「ま、待って……」

堪《こら》えきれずに明夫は口を開いた。

「どうしたの？」

「い、いっちゃいそう……」

「まあ、もう？　まだ触ってないのに」

浩子は驚いたように言った。

「じゃ、最初は私のお口に出しちゃう？　せっかくセックスしても入れた途端に終わってはつまらないから、一度出して落ち着いた方がいいみたい。ね、飲んであげるわ」

明夫は小さく頷いたが、その言葉だけでも漏らしてしまうほど強烈な刺激だった。

浩子は熱い息で肌をくすぐりながら、彼の股間へと顔を移動させていった。

完全に布団がめくられ、浩子は大股開きにした明夫の股間に陣取って屈み込んだ。

「まあ、大きいわ……」

ピンピンに屹立しているペニスを近々と見ながら、浩子が頼もしげな吐息混じりに言った。そして悪戯っぽく、乳首で幹に触れ、谷間に挟んだりした。

「いきそうになったら言うのよ。でも、なるべく長く楽しんだ方がいいわ」

浩子が囁き、少しの間パイズリをしてから、いよいよ先端に舌を伸ばしてきた。

粘液の滲む尿道口をチロチロと舐め、張り詰めた亀頭にも舌を這わせ、幹を這い下り、陰嚢もおしゃぶりしてくれた。

「ああ……」

明夫は、熱い息を股間に感じながら喘いだ。

ビデオで見たようなことを、いま現実に体験しているのだ。

浩子は大きく口を開いて陰嚢を吸い、舌で睾丸を転がした。そしてペニスの裏側を舐め上げ、とうとうスッポリと呑み込んできた。

美人女子大生の口の中は温かく、喉の奥まで含まれると、根元がキュッと丸く唇で締め付けられた。内部ではクチュクチュと舌が蠢き、たちまちペニス全体は浩子の清らかな唾液にどっぷりと浸り込んだ。

さらにチューーッと吸い付かれながら唇がスライドしていく。チュパッと軽やかな音を立てて口が離れると、次第に浩子は動きを速め、いつしか顔全体を上下させてスポスポと摩擦運動を繰り返していた。

明夫も、もう限界だった。

「ああッ……！　い、いく……！」

3

明夫は、まるで身体中が浩子のかぐわしい口の中に呑み込まれ、唾液にまみれて舌で転がされているような気分の中、オナニーの何百倍もの快感に貫かれていた。

混乱する頭の片隅で、本当にこんな綺麗なお姉さんの口に出していいのだろうかというためらいが生じたが、もう止めようもなく熱い大量のザーメンが、ドクンドクンとマグマのように勢いよく噴出した。

「ンン……」

喉を直撃されながらも、浩子は小さく呻いただけで口は離さなかった。

そしてザーメンが脈打っている間もクチュクチュと舌が蠢き、さらなる噴出を促すように強く吸い付き続けてくれた。

「ああ……」

明夫は、魂まで吸い出されるような激しい快感に喘いだ。やはり自分のリズムでの射精と違い、強く吸われると脈打つリズムが無視され、放出ではなく、あくまでも浩子の口によって吸い出されている感じだった。まるでペニスがストローと化し、ザーメンが内部を通過する様子まではっきり感じられた。

やがて口の中がいっぱいになると、浩子は含んだまま巧みに喉に流し込んでくれた。

彼女の喉がゴクリと鳴って飲み込まれるたび、口の中がキュッと締まり、宙に舞うような快感とともに大きな感激が明夫を包み込んだ。飲んでもらっているというより、飲まれている感覚が彼を恍惚に導いた。

ようやく最後の一滴まで搾り尽くし、浩子も全て飲み干してくれた。なおもヌメった尿道口をチロチロ舐められ、満足げに萎えかけていく亀頭を執拗にしゃぶられると、

「も、もう……」

明夫は降参するように言って、クネクネと腰をよじった。

やっと浩子はスポンと口を離し、再び添い寝して腕枕してくれた。

「勢いよく、いっぱい出たわね。味もすごく濃い感じだったわ……」

耳元で囁かれると、余韻に浸っていた明夫はビクリと震えた。彼女の吐息にザーメンの生臭さは感じられず、さっきと同じ甘酸っぱい芳香を含んだままだった。

心地好い満足が彼を包んでいたが、それでもグッタリした感じはなく、まだまだ欲望は満タンの状態だった。オナニーでさえ続けてすることがあるのだから、いかにかつてない大きな絶頂直後でも女体への好奇心は尽きることがなかった。まして今は、綺麗なお姉さんと全裸の肌を密着させているのだ。

明夫は、浩子の腕に頭を抱えてもらいながら、すぐ目の前にある腋の窪みに顔を埋

めてみた。

腋の下は剃り跡のザラつきもなくスベスベだが、ジットリと汗ばんでいた。それでも甘ったるい匂いは実に淡く、物足りないぐらいだった。個人差もあるのだろうが、女性は、いかにシャワーを浴びる前でもさして匂わないのかもしれない。

「匂う？」

「うん、ほんの少しだけ……」

「嫌じゃない？」

「うん、とってもいい匂い……」

明夫は鼻を埋めながら答え、窪みに舌を這わせた。

「あん、ダメ、くすぐったいから……、ここ吸って。こっちもいじりながら……」

浩子は囁きながら、明夫の口に乳首を押し付け、彼の手を取ってもう片方の膨らみにも導いた。

明夫はチュッと乳首に吸い付き、柔らかな膨らみに顔全体を押し付けた。肌そのものにも、うっすらとした甘い匂いがあった。

膨らみを揉みながら、舌で転がすように乳首を愛撫すると、

「ああ……、いいわ、とってもいい気持ち……」

浩子はうっとりと声を洩らし、優しく彼の髪を撫ぜてくれた。

明夫は次第に夢中になって吸い、もう片方にも移動していった。いつしか浩子は仰向けになり、明夫も柔肌にのしかかるようにして両の乳首を交互に含んだ。

そしていよいよ、自分から積極的に浩子の肌を下降しはじめた。

滑らかな肌を舐め下り、引き締まった腹部に頬を当てた。形よいオヘソに鼻を埋めてもやはり何の匂いもせず、舌を差し入れて舐めまわした。

さらに下降していったが、オヘソから真下の肌が、案外長く感じられた。

「ああン……」

浩子はクネクネと身悶えながら、彼を受け入れるように脚を開いてくれた。

明夫は緊張に胸を弾ませながら、浩子の股間に腹這いになった。早くも股間に籠もる熱気と湿り気が顔に吹き付けてくるようだった。

「ね、もっとよく見たい……」

「まだ暗いかしら。恥ずかしいけど、いいわ……」

浩子は言い、また枕許のボタンを押して照明を明るくしてくれた。

白く滑らかな下腹と内腿、その中心の茂みがはっきりと見えるようになった。恥毛はふんわりと丘に煙って実に柔らかそうだ。濃いのか薄いのか分からないが、ビデオで見た菜保子の逆三角とは少し違い、縦長に近い感じだった。

真下のワレメに顔を寄せると、はみ出した陰唇の上部に微かな膨らみがあった。

明夫は震える指を陰唇に当て、そっと左右に開いてみた。

「あう……」

触れられて、浩子が小さく声を洩らした。

中はヌメヌメしたピンクの柔肉だ。膣口は案外下の方にあり、白っぽい粘液がまつわりついている。そして周辺には、花弁のような襞があった。

顔を寄せると、尿道口らしき小穴も確認でき、包皮の下に覗くクリトリスは菜保子より大きめで、小指の先ほどもあって光沢を放っていた。よく見ると、完全に男の亀頭をミニチュアにしたような形状をしていた。

さらにワレメの下の方には、キュッと閉じられた綺麗なピンクの肛門も見えていた。

「よく見える……?」

浩子が、明夫の熱い視線と吐息を感じながら小さく言った。

「うん。舐めてもいい?」

「そういうことは、黙ってしていいのよ……」

浩子が言うが、明夫は女性の口から「舐めて」と言ってほしい気がしたのだ。

しかし今は欲望が先で、そうしたやりとりよりも自然に顔が動いてしまった。

明夫は浩子の中心部にギュッと顔を埋め込み、鼻をくすぐる柔らかな茂みの感触を味わった。

恥毛の隅々には、ふっくらとした生温かなフェロモンがタップリと満ちていた。

大部分は甘ったるい汗の匂いで、それにうっすらとオシッコらしき匂いも混じっているようだ。さらに大量の愛液による熱気の揺らめきが混じり、実に艶めかしい性臭がミックスされていた。

「ダメ、恥ずかしい……」

あまりに明夫がクンクンと音を立てて嗅いでいるものだから、浩子は羞恥に身をよじって喘いだ。

やがて明夫は舌を伸ばし、陰唇の表面から舐めはじめた。

すでに内部の愛液が外にまで溢れ、たちまち舌の動きはヌルヌルと滑らかになった。

さらに中に差し入れていくと、細かな襞と柔肉に触れ、淡い酸味を含んだ愛液が大量に舌にまつわりついてきた。

明夫は、これから初体験をさせてもらう膣口をクチュクチュと舐め、内部をたどりながら、ゆっくりとクリトリスまで舐め上げていった。

「アアッ……！　そこ、気持ちいい……」

浩子がビクッと内腿を震わせて口走り、明夫も舌先をクリトリスに集中させた。

彼女の反応も激しくなってきた。明夫は、自分のような未熟な愛撫で、こんな小さな突起が年上の女性を悶えさせるのが不思議だった。

明夫は舌先を小刻みに左右に動かしたり、下から上へと舐めたり、様々に動かし方を変えながら舌が疲れるまで貪った。

浩子は喘ぎながら、まるで舐められているのを実感するように彼の髪や頬に触れ、さらに指を股間に当てて包皮をグイッと剝いた。

明夫は完全に露出したクリトリスに吸い付き、舌先で弾くように舐め続けた。

「あうう……、もうダメ、いっちゃいそう……、もったいないから、早く入れて……」

浩子が喘ぎながら、性急な絶頂を惜しむように口走った。

「待って、ここも……」

明夫は、すっかり回復していたが、もう一カ所だけ舐めたいところがあり、言いながら彼女の両脚を抱え上げた。そして見事な逆ハート型のお尻の谷間に鼻と口を押し当てていった。

顔全体に双丘の丸みがひんやりと当たり、谷間に籠もった淡い汗の匂いが鼻腔を刺激した。しかし生々しい刺激臭はなく、やはり物足りない気持ちがした。

それでも細かなピンクの襞の震える美女の肛門を、こんなに近くで観察するのは格別だった。明夫は舌を這わせ、チロチロとくすぐるように舐めながら、唾液に濡れたツボミに舌先を押し込んでみた。

「あん！　そんなとこ舐めないで……」

浩子が脚を浮かせながら声を上ずらせた。だが拒むことはせず、浅く入った明夫の舌をキュッキュッと締めつけてきた。

内部はヌルッとした粘膜で、うっすらと甘苦いような微妙な味覚が感じられた。

しかも肛門を舐めていると、ちょうどワレメに鼻が埋まり、溢れる大量の蜜が彼の半面をヌルヌルにまみれさせた。

やがて充分に味わい尽くすと、明夫は顔を離し身を起こしていった。

いよいよ初体験の瞬間、童貞を捨てる時がやってきたのだ。

明夫は股間を押し進め、大きく開かれた浩子の股間に迫っていった。

4

「もう少し下……、そう、そこよ。来て……」

浩子が僅かに腰を浮かせ、位置を定めてくれながら言った。

明夫は股間を突き出し、先端をワレメに当てながらグイッと押し込んでいった。張り詰めた亀頭がヌルッと膣口に潜り込み、あとは滑らかに吸い込まれていくように根元まで入っていった。

「アアッ……、すごい、奥まで当たるわ……」

浩子がビクッと顔をのけぞらせて口走った。身体は小さいが、ペニスは標準なのだろうか。しかも若いから硬いし、急角度に反り返っている。

根元まで深々と貫くと、熱く濡れた柔肉がキュッと締めつけてきた。

明夫は挿入時の摩擦だけで危うく漏らしそうになってしまったが、何とか堪えて息を詰めた。さっき口内発射していなかったら、あっという間に果ててしまっていただろう。

それでも、少しでも動くと危なかったから、明夫は押し込んだまま動かず、初体験の感激と、浩子の温もりや感触を嚙み締めた。

下から浩子が両手を伸ばして抱き締めてきたので、明夫も身を重ねていった。

「脚を伸ばして……」

囁かれ、明夫は股間が離れないよう押し付けながら、ゆっくりと片方ずつ足を伸ばしていった。

完全にのしかかると、胸の下で柔らかな乳房が押しつぶれて弾み、股間には彼女の恥毛も感じられた。コリコリする恥骨の膨らみと、からみついてくるようなスベスベの脚が何とも心地好かった。

「突いて……、腰を前後に動かすのよ……」

浩子が言いながら、自分も下から股間をズンズンと突き上げてきた。

それに合わせるように、ようやく明夫も少しずつ腰を動かしはじめた。

熱く濡れた内壁が心地好くペニスをこすり、その激しい快感にまた明夫は漏らしそうになってしまった。

「あん、気持ちいいわ。もっと強く、奥まで突いて……」

「で、出ちゃいそう……」

「ダメよ、まだ。なるべく我慢して。ゆっくりでいいから……」

そう言われても、ペニスに感じる柔肉の刺激と、浩子の甘酸っぱい吐息に明夫は急激に高まってきた。

しかし反面、慣れない体勢のため、体重を支えている両肘と両膝が痛くなってきた。もともと腕立て伏せは苦手なのだ。もっと身を預けてのしかかればよいのだろうが、まだまだ初めてで遠慮があり、それが徐々にペニスへの集中力を失わせてきた。

「ああ、ダメ、抜けちゃう……」

浩子が言い、互いのリズムが狂うと、途端にペニスはヌルッと抜け落ちてしまった。

「動きにくい？　いいわ、じゃ下になって」

彼女は身を起こしながら言い、明夫は上下入れ替わって仰向けになった。

その股間に浩子が跨り、幹に指を添えて膣口にあてがいながらゆっくりと腰を沈み込ませてきた。

たちまちヌルヌルッとペニスが呑み込まれ、浩子は完全に座り込んでピッタリと股間を密着させた。

「ああン……、いいわ、すごく……」

浩子が顔をのけぞらせて喘ぎ、明夫もその深い結合に暴発を堪えていた。

仰向けで、股間に美女の体重を受けているのは何とも心地好く、また下からの眺めも最高だった。叔父が女上位を好むのも実感でき、これは血筋なのかもしれないと思ったほどだった。

やがて浩子が身を重ねてきて、明夫も下からしがみついた。

浩子はグリグリと腰を動かしながら乳房もこすりつけ、上からピッタリと唇を重ねてきた。柔肉の中で最大限に膨張したペニスはベットリと熱い愛液にまみれ、内襞の摩擦で揉みくちゃにされた。

「ンンッ……！」

浩子は明夫の舌を吸いながら熱く呻き、彼の鼻腔を甘酸っぱい吐息で満たした。下から股間を突き上げると、溢れた大量の愛液が彼の陰嚢から内腿までも温かく濡らしてきた。

もう我慢できない。明夫は激しくリズミカルに腰を突き上げ、そのまま絶頂の急坂を昇りはじめてしまった。

「ああッ……！」

明夫は唇を離して喘ぎ、宙に舞うような快感にガクガクと全身を波打たせた。

「あん、ダメ、まだ……、ああーッ……！」

内部に彼の噴出を感じ取った浩子は、慌てて動きを止めようとしたが、それでも強引にオルガスムスの波を迎え入れたように声を上げ、キュッキュッと膣内を締めつけてきた。

明夫は最後の一滴まで搾り出し、ようやく動きを止めて力を抜いた。間もなく浩子もグッタリと体重を預けてきた。

深々と収まったままのペニスが、ビクンと内部で脈打つたび、

「アア……」

浩子が声を上げ、キュッと締めつけて答えた。

明夫は美人女子大生の甘酸っぱい吐息で胸を満たし、その温もりに包まれながらうっとりと余韻に浸った。

これがセックスなのだ。それはオナニーとは全く違う充足感があり、普段なら自分で処理するザーメンが、彼女に飲まれたり膣内に吸収されたりするのは何とも言えない幸福な気持ちになるのだった。

「気持ちよかった……？」

浩子がまだ荒い呼吸とともに、彼の耳元で熱く囁き、明夫は小さくこっくりした。

「これで、もう童貞じゃないのよ」

浩子も、完璧なオルガスムスではなかったかもしれないが、それでも満足そうだった。

あるいは内心では、堅物と思っている准教授の甥を攻略し、その初物を奪ってしまったという小悪魔のような気持ちでいるのだろう。

やがて浩子がゆっくりと身を離すと、愛液とザーメンにまみれたペニスがヌルッと抜け落ちた。

そして二人でベッドを下り、バスルームに入った。

明夫は軽く股間を流してバスタブに浸かり、浩子はシャワーで念入りに股間を洗ってから一緒に入ってきた。

身を投げ出した浩子に寄り掛かると、背後から彼女が優しく抱いてくれた。背中に柔らかなオッパイが当たり、肩越しにかぐわしい吐息が吹き付けられてくる。湯の中で、彼女の恥毛がシャリシャリと腰に当たる感覚も伝わってきた。

浩子が軽く彼の耳たぶに歯を立てると、たちまち明夫自身はムクムクと回復してきてしまった。

「すごいわ。また立ってきた。オナニーは、普段どれぐらいしているの?」

「日に三回は……」

「じゃ、まさに年に千回ぐらいね」

浩子は感心したように言いながら、湯の中でペニスを弄んだ。その刺激に、いつしか完全にもとの大きさを取り戻してしまった。

「ね、私の前でオナニーしてくれない？　出るところ見てみたいの」

言われて、明夫は思わず頷いたものの、少し残念な気がした。せっかく生身の女体がそばにいるのに、わざわざオナニーするのはもったいない。

だが逆に考えれば、もう一度挿入するには三度目はきついかもしれない。未熟なくせに相手に快感を与えねばという気負いもあるから、万一萎えてしまう可能性だってあるだろう。その点オナニーなら、慣れた指の動きと自分のペースの中で絶頂を迎えることができるし、あるいは女体の前でのオナニーも贅沢な快感かもしれないと思った。

「大丈夫よ。いくまではいろいろしてあげるから」

明夫の僅かなためらいを察したように浩子が言い、やがて二人はバスタブを出た。

いったんシャワーを浴びてから、浩子は彼をバスタブのふちに座らせた。

そして自分はタイルの床に腰を下ろし、明夫の両膝の間に顔を割り込ませてきた。

先端をしゃぶり、指で陰嚢を刺激しながら喉の奥まで呑み込んだ。

あらためて濃厚なフェラチオをしてもらい、明夫はジワジワと高まってきた。温かなバスルームの中でも、浩子の口の中はさらに熱く、舌に翻弄され唾液にまみれながら、明夫はヒクヒクと幹を震わせた。

浩子は何度も強くチューッと吸いながらスポンと口を引き離し、オッパイの谷間にも挟んで両側から揉み、さらに屈み込んで亀頭に舌を這わせた。

本当は明夫は、叔父のように美女のオシッコを浴びたり舐めたりしてみたかったが、とてもそんな要求は恥ずかしくて言えなかった。それに今は、フェラやパイズリだけでも充分すぎるほどの快感と高まりが得られているのだ。

「い、いきそう……」

「いいわ。じゃ最後は自分でして。どんな体勢がいい？」

浩子が口と胸を離して言うと、

「こうして……」

明夫は彼女の胸に寄り掛かり、横抱きにされる体勢になって密着した。

左手で彼女の身体に抱きつき、右手で唾液に濡れたペニスを握ってしごきはじめる。

顔のすぐ左側には柔らかな膨らみがあり、上からは浩子の甘酸っぱい吐息を充分に感じることができた。

「ふうん、そんなふうに動かすんだ……」

慣れた手つきでオナニーしはじめる明夫を好奇心に輝く眼差しで見下ろし、浩子は優しく抱きながら呟《つぶや》いた。

「いくとき言ってね」

浩子は顔を寄せて囁き、ペニスの様子に目をやりながら彼の耳や頬に舌を這いまわらせてきた。激しい興奮に明夫は右手の動きを速め、彼女の舌を求めて顔を向けた。

浩子は彼の鼻でも瞼でも大胆にペロペロ舐めてくれ、明夫は美女の甘酸っぱい息と唾液の匂いの渦の中で、とうとう三度目の絶頂に達してしまった。

「いく……！」

短く口走り、明夫はドクンドクンと勢いよく射精した。それは三度目とも思えぬ量で、飛び散ったそれは彼女の太腿にまで落下した。

「すごいわ。まだこんなに出るのね……」

浩子は言いながら彼の噴出を眺め、全て出しきるまで抱き締めていてくれた……。

5

「あの子に、いろいろ案内してもらったか？」

夕食の時、叔父がビールを飲みながら言った。

あれから渋谷のラブホテルを出た明夫と浩子は二人で池袋へ出て乗り換え、練馬駅前で別れて夕食前に帰ってきたのだった。

「はい。学内をあちこち。とっても親切にしてくれました」

明夫は答えながらも、まだ三度の射精と初体験の余韻で身も心もフワフワするように心地好い感じだった。

「そうだろう。小管くんは今どきの学生には珍しい真面目な子なんだ。家の躾もしっかりできていたようで、本当にいいお嬢さんだからな」

叔父が笑顔で言う。

「それこそ、他の学生どもといったら、講義の最中に缶ジュースのプルトップを抜く音があちこちから聞こえるし、携帯メールやネットなんか当たり前のようにやっている。その点、小管くんはコンパで大酒なんか飲まないし、実に身持ちが堅くてつまらん男子との付き合いもないようだ」

どうやら叔父と浩子は、お互いに誤解しているようだった。結局、堅物の准教授や真面目な女子大生というのは、装いの上手い人種ということになるのだろうか。

だがもちろん明夫は、初体験の相手として浩子には深く感謝していた。むしろ浩子が叔父の言うように真面目なだけだったら、こんな貴重な経験はできなかったのである。

もう童貞ではないのだ。それを高校卒業直前で体験できたのだ。その歓びは、時が経つにつれて大きくなっていった。

「ああ、急な台湾行きが決まったんだ。明日の昼過ぎに出るから用意してくれ」

叔父が、菜保子に言った。

期間は一週間というから、まだ明夫がこの家に滞在している間に帰ってくるだろう。

当然ながら、叔母と甥が二人きりになることを夫婦ともに心配などしていない様子だった。明夫は小柄だし、まだまだ実年齢よりずっと幼く見られているのだろう。

やがて夕食と風呂を終え、明夫は二階に引き上げていった。

今日の浩子との体験を思い出しながらオナニーしたかったが、明夫は我慢することにした。三回も射精したのだし、今夜ぐらい、その余韻の中で一つ一つ思い出しながら眠ることにしたのだ。だから書斎での、夫婦の秘密のテープを見ることもなく、少し勉強だけして早めに布団に入ってしまった。

そして浩子との体験と同じぐらい、明晩から菜保子と二人きりという歓びが、微かな緊張とともに湧き上がってくるのを覚えた……。

——翌日、明夫が起きて階下へ行くと叔父がいて、すっかり旅仕度を整えていた。

今までも、東洋史の研究で中国やアジア諸国、韓国や台湾などは何度となく足を運んでいるようだった。

「今後の予定は？」

「はい。明後日から予備校の講習会があって、最後の模試が来週。その間に受験する大学を下見して、それでいったん家に帰ります」

「そうか。どっちにしろ僕は一週間で戻るから、そのあいだ叔母さんを頼むぞ。ここのところ物騒な事件が起きてるから、男としてしっかりとな」

叔父は言い、やがて早めの昼食をすませて出ていった。菜保子が車で駅まで送り、帰りに彼女は買い物して戻ることになっている。

留守番の最中も、明夫は洗濯機を見てみたが、やはり中は空で、洗濯物は全てベランダに干されていた。

こっそり寝室にも忍び込んでみた。叔父のセミダブルベッドはシーツが取り去られて洗濯され、布団も干されてマットレスの上にベッドカバーが掛けられていた。クローゼットや鏡台の下なども見てみたが、もう最近のテープなどはないようだった。

やはり録画などするのは新婚時代までで、今は夫婦生活そのものが疎《まば》らになっているのかもしれない。確かに叔父は忙しいから、どんな性癖のある男でも生活と仕事に追われると、いつしかセックスのことなどどうでもよくなってしまうのだろうか。

明夫は二階に上がった。もちろん一夜明けて精力は十二分に回復していたが、やはり同じオナニーでも夜の方が燃えるし、例の五本のDVテープも何度となく繰り返し見てしまったから、昼間のうちは仕方なく勉強した。

菜保子の帰宅は、思っていたより遅かった。夕方近くになってようやく戻ったので下りて出迎えると、少々顔が赤かった。

「どうしたの。大丈夫……？」

「何だか熱っぽくてだるいわ。風邪を引いたのかもしれない」

菜保子は答え、買ったものを冷蔵庫に入れようとしたので、明夫は慌てて自分が代わり彼女をソファに座らせた。

「帰りにお医者さんに寄ったのだけれど、ずいぶん待たされたわ」

「そう。分かりました。全部僕がやるから、とにかく休んでて」

明夫は心配になり、菜保子を寝室に入れた。そして彼女の代わりに洗濯物や布団を取り込み、夕食の支度をした。

今までも母親の手伝いなどをして、少しぐらいなら何か作れる。

菜保子は、あるいは朝から具合が悪かったのかもしれないが、叔父の旅立ちもあるから無理していたようだった。それでも医者に薬をもらったようだから、少しぐらい何か食べなければならないだろう。

彼女が買ったものの中に、熱冷まし用のシートがあったので、それを一枚取り出して寝室に入った。何とか彼女はパジャマに着替え、ベッドに横になったばかりのようだった。

床の隅には、畳む余裕もなくブラウスやスカート、パンストが積まれ、白いブラもそこに置かれていた。

「ごめんなさいね……」

「いいえ。どうか僕のことはどうでもいいからゆっくりしてくださいね」

僅かに汗ばんだ額をタオルで拭き、シートを貼ってやった。熱っぽい息遣いをくり返し、発熱でぼうっとした表情がまた艶めかしく、美女というのはどんな状態でも魅惑的なのだと明夫は思った。

「じゃ、食事ができたら起こしにきますから」

明夫は言ってキッチンに戻り、冷蔵庫の中を見て必要なものだけ取り出した。

冷凍室に冷やご飯があったから、わざわざ炊く必要もなく、それを解凍しておじやを作ることにした。鍋に湯を張り、梅干しや卵を用意する。自分の分も、サラダの余りやハムと卵、朝食用のインスタントスープで充分だった。とにかく今夜ぐらいは我慢して、時間のかからないものですませようと思った。

一方で外に出て、駐車場のチェーンと郵便物の確認をしてから戸締まりをし、玄関も厳重にロックしておいた。その他、階下の縁側や窓をロックしてカーテンを二重に閉め、風呂にも湯を張った。菜保子は入らない方がよいだろうから、これは自分のためだ。

やがて小一時間で簡単な料理が出来上がると、明夫は寝室の様子を見にいった。

菜保子は少しウトウトしていたようだったが、ドアの開く気配ですぐに目を覚ましてしまった。

「すいません、起こしちゃって。夕食ができましたが、ここへ運びますか?」

「ううん、起きるわ。ありがとう」

菜保子が身を起こすので、明夫は手伝った。僅かの間にも、寝室はすっかり生ぬるく甘ったるい女の匂いが満ちていた。身体を支えて抱き起こすことも、明夫には限りなく嬉しい作業だった。

パジャマの胸元から、見事な巨乳の谷間が覗いていた。明夫はいったん彼女をベッドの端に座らせてからスリッパを揃え、カーディガンを羽織らせてやった。

そして手を引き肩を支えながら立たせ、ゆっくりと寝室を出た。

「まあ、ちゃんと作ってくれたのね。申し訳ないわ。冷凍食品もあったのに」

菜保子は、テーブルで湯気を立てているおじやを見て感激の面持ちで言った。

とにかく座らせ、茶も入れてやってから、明夫は自分の食事もした。

「お代わりはあります。でも無理しないで、多かったら残してください」

「ありがとう。本当に優しいのね」

「そんな、当たり前のことです」

明夫は嬉しさに胸をいっぱいにしながら、自分で作った料理を食べた。

菜保子も、明夫に気遣い無理した様子もなく、注がれた分は空にした。明夫は医者からもらった薬を出してやり、水を注いだ。

「じゃ、僕洗い物したらお風呂に入って二階に戻りますから、何かあったら呼んでくださいね」

明夫は薬を飲みおわった菜保子を、再び寝室に連れていって寝かせながら言った。

キッチンに戻った明夫は手早く洗い物をし、歯を磨いて入浴した。そして風呂を上がって全てのスイッチを切った。

菜保子と二人きりというときめき以上に、自分が頼りにされていることが嬉しかった。それに菜保子も微熱だけで咳も出ず、それほど重い様子もないようだった。

そして彼が二階に上がろうとすると、

「明夫さん……」

寝室から菜保子の呼ぶ声がした。明夫はすぐに顔を出した。

「はい。何ですか」

「悪いけれど、心細いからここで寝てくれないかしら……」

言われて、明夫はドキリと胸が高鳴った。

「わかりました。じゃ布団を持ってきます」

浮かれた声にならぬよう注意しながら、明夫は急いで二階に言って自分の布団と枕を持ち、寝室に戻ってきた。叔父のベッドのカバーを取り去り、そこに自分の布団を敷く。

菜保子は安心したように目を閉じ、明夫も枕許にある小さなスタンドの灯りだけにして横になった。

第三章　ダブルベッド

1

（やっぱり、汗を拭いて着替えさせた方がいいんだろうか……）

明夫は、薄暗い寝室の中、菜保子の寝息を聞きながら思った。

早めに夕食と入浴を終えたし周囲は静かな住宅街だから、まるで真夜中のように思えるが、まだ夜の九時だ。眠れるわけもなく、明夫は目が冴えて仕方がなかった。

もちろん隣のベッドに菜保子がいるのは嬉しいし、小さなスタンドの灯りに照らされる彼女の寝顔を見ながらオナニーすることも充分に可能だが、身体を拭く、ということを思いついてしまったら急に全身が火照ってきた。

汗ばんだ全身を拭くというのは口実で、とにかく明夫は菜保子に迫り、できることなら身体に触れたいのである。仮に作業の途中で菜保子に目を覚まされたにしても、言い訳は成り立つだろう。

布団の中でこっそりオナニーするなら、せめてその作業を終え、得ることのできた感触や匂いを思い出しながら抜きたかった。

菜保子の寝息は規則正しいが、それでも多少苦しげで忙しい感じだった。今は寝入りばなだし薬が効いているから、少々のことでは目を覚まさないかもしれない。その額は汗にジットリと湿り、何度かの寝返りで熱冷ましシートも外れているぐらいだから、きっとパジャマの中も汗まみれになっているのではないか。

寝室内は微かな暖房と加湿器が作動している。

何度かためらっていた明夫だったが、ようやく深呼吸して意を決し、そろそろと身を起こしていった。

タオルだけは寝室に持ってきていた。着替えは、今日取り込んだ洗濯物のショーツと、Tシャツぐらいでよいのではないだろうか。勝手に畳むのも気が引けたので、リビングの隅に吊るしたままになっている。

先に取りに行くと菜保子が物音に目を覚ましてしまうかもしれないし、拭いている間に目覚める可能性が強いので、着替えを取りに行くのは拭いた後にすることにした。

とにかく、少しでも早く触れたいし、どうせ目を覚まされてしまうなら寝室を出るのは後回しにしたかったのだ。

ベッドを下りて、忍び足で菜保子のベッドに近づき、明夫はタオルを準備しながらそっと彼女の布団をめくっていった。

薄明かりのなか近くで見ると、やはり菜保子の額や鼻の脇には汗の粒が浮かび、白い首筋も光沢を放つほど汗に湿っていた。

明夫は胸を高鳴らせながら、そっと彼女に顔を寄せた。もちろんタオルを持ち、いつ目が開いても言い訳が立つように準備している。しかし簡単に拭き取ってしまうのはもったいないので、先にまじまじと菜保子の顔を観察した。

こんなに近くで菜保子の顔を見られる時がこようとは、夢にも思っていなかった。閉じられた睫毛は長く、僅かに外側にカールしている。鼻呼吸だけでは息苦しいのか、形良い唇が開いて白い歯並びが覗き、そこからも熱い呼吸が洩れていた。

触れるほど顔を寄せると、菜保子の吐息が感じられた。微熱のためか熱く湿り気のあるそれは、ほんのり甘い匂いが含まれていた。それに夕食後も歯磨きせず横になったため、微かな刺激の成分も彼の嗅覚神経をかすめ、さらに唇の乾いた唾液の匂いも混じり、それらが何とも言えないフェロモンとなって明夫を高まらせた。

キスしたかったが、そこで目を開けられると言い訳しようがなくなる。

明夫は心ゆくまで美しい叔母の吐息を嗅ぎ、それに混じって立ち昇る甘ったるい汗の匂いも感じ取りながら、やがてタオルでそっと彼女の額や鼻、首筋を拭きはじめた。

菜保子は、タオルで触れても何の反応もせず、寝息の乱れもなかった。

明夫は唇を拭いても大丈夫なので、これならキスしても平気かもしれないと思った。

そこで額を拭きながら彼女の目を隠し、そのまま屈み込んで唇を重ねてみた。

「……………」

菜保子の反応はない。

明夫は菜保子の唇の柔らかさや弾力、熱く甘い匂いを味わった。舌を出し、乾いた唇を舐め、白く綺麗な歯並びを舌先で左右にたどった。

それでも長い時間は怖いので、明夫はすぐに顔を上げ、汗を拭く作業を続けた。

菜保子とのキスの感激に、心臓が破裂しそうだった。

首筋を拭き、今度は震える指先でパジャマのボタンを一つ一つ外していく。

一番下まで外すと、彼女が仰向けのためパジャマは簡単に左右に開いた。

思わずゴクリと生唾を飲むほどの、何とも見事な巨乳が露わになった。ビデオでは見たことがあるが、もちろんナマは初めて。しかもビデオに映っていた時代より、三十二歳の脂の乗った熟れ肌が実に艶めかしかった。

メロンほどもある膨らみが二つ並び、呼吸とともに上下していた。谷間はジットリと汗ばみ、乳首も乳輪も淡いピンク、それが微妙な色合いで周囲の色白の肌に溶け込み、うっすらと透ける静脈すら確認できた。

さらにめくれたパジャマの奥に、腋の下も覗いていた。そこには何と、淡い腋毛まで煙っているではないか。叔父の趣味なのか、それとも冬場なので手入れしていないのか、浩子にはなかった艶めかしいものを見て、明夫は激しい興奮に襲われた。

顔を寄せると、肌の熱気とともに甘ったるいミルクのような汗の匂いが揺らめいた。

明夫は左右の膨らみに目を釘づけにされながら、気を取り直したようにタオルで谷間を拭いた。

巨乳にも触れると、タオルを通して柔らかな感触と肌の張りが伝わってきた。

吸いつきたいが、さすがにそれをすると目覚めてしまうだろう。それよりも、まだしなければならないことがあるのだ。

明夫は胸を拭き終わると、今度はパジャマのズボンを押し下げはじめた。

腹部は柔らかく張りがあり、適度な肉づきが何とも色っぽくオヘソも形良かった。

前にビデオで見た、生きたヴィーナスの胴体が目の前にあるのだ。

しかしオヘソよりも下、茂みが見えるほどにはパジャマのズボンは下がってくれなかった。これ以上脱がせるには、菜保子に腰を浮かせてもらわなければならない。だが熟睡中の菜保子を起こすのは気が引けた。せっかく肝心な部分に手が届こうとしているのだ。ここで起こしてしまったら、脱がせるにしても滅多なことはできなくなってしまうだろう。とにかく手をこまねいていても仕方がない。明夫は何とか必死に彼女の腰を持ち上げながら引き降ろしていった。

すると途中で、

「う……ん……」

菜保子が寝苦しそうに小さく呻いた。

明夫は彼女が目を開けてもいいように、慌ててタオルを持って緊張した。

幸い彼女は目を覚ますことなく、そのままゆっくりと寝返りを打っていった。明夫は今度はお尻の方から、パジャマのズボンとショーツをいっぺんに引き下ろしはじめた。

たちまち彼の目の前に、むき玉子のように白く滑らかな双丘が現われた。

何という艶めかしいボリュームであろうか。明夫は息を詰めて、しばし見惚れた。

菜保子の寝息は平静に戻っている。これでまた当分は動かず、熟睡したままだろう。

明夫はいったんベッドを下り、叔父のセミダブルの枕許にある、非常用の懐中電灯を手にして菜保子のもとに戻った。スタンドの薄明かりは頭の方なので、どうしても下半身を観察するには逆光になっていて見えにくかったのだ。

スイッチを入れ、あらためて横向きになっている菜保子のお尻を照らしてみた。

まるでスポットライトを浴びたように、熟れたお尻が明るく浮かび上がった。

そして光を向けたまま懐中電灯を置き、明夫はタオルで腰やお尻を拭きながら、もう片方の手を丸みに当てた。親指で、豊満なお尻の谷間をグイッと広げながら屈み込んで観察した。

何と柔らかで弾力ある感触だろう。谷間には、キュッと閉じられたピンク色の肛門が細かな襞まで余すところなく照らし出されていた。綺麗なヒダヒダは中心から周囲に向かって揃い、まるで野菊のツボミのように可憐だった。

明夫は息を弾ませ、あまりの興奮に自分の方が熱を出して倒れそうになっていた。

顔を寄せ、そっと谷間に押し当ててみた。熱気とともに汗の匂いが感じられ、さらにツボミに鼻を埋めると、汗の匂いに混じって、うっすらと秘めやかで生々しい刺激臭すら感じられた。

家のトイレは洗浄器付きだから、今日は外出の途中、あるいは医者の待ち時間に大きい方の用を足したのかもしれない。信じられないことだが、こんな天女のような美人でも、ちゃんとこの小穴から排泄することが確認され、明夫は心臓が破裂しそうになるほど激しく興奮した。

明夫は形ばかりお尻にタオルを這わせながら、何度も何度も菜保子の肛門に鼻を埋めて深呼吸した。悩ましい刺激が鼻腔をかすめるたび、甘美な快感が全身に広がっていくようだった。

鼻が触れても息を感じても、菜保子はピクリとも反応しない。この分なら少しぐらい舐めても大丈夫だろうと、明夫は舌を伸ばして触れてみた。

細かな襞の舌触りが伝わり、次第に可憐な肛門は唾液にヌメヌメと濡れて妖しい光沢を放ってきた。たまに微かな収縮が起きるが、菜保子を目覚めさせるほどではないようだ。

潤った肛門は収縮とともに、僅かにレモンの先のようにお肉を盛り上げ、あるいはイソギンチャクのように妖しい蠢きをした。

明夫は舌先を押し込んでみた。浅く潜り込み、内壁のヌルッとした感触がして淡く甘苦いような味覚が感じられた。浩子のときも似た味がしたが、これが排泄物のものなのか、それとも粘膜特有の味覚なのかは分からなかった。

執拗に舐めているうち、やがて再び菜保子が寝返りを打った。やはり眠りながらも違和感に気づいたのかもしれない。

明夫は急いでお尻から離れ、タオルを手に甲斐甲斐しく肌を拭う仕草を続けた。

残念ながら色っぽい豊満なお尻は隠れ、また菜保子は仰向けに戻ってしまった。

だがそのため、かえってパジャマのズボンとショーツは脱がせやすくなっていた。

すでにズボンもショーツもお尻の丸みを通過しているため、あとはなんなく引き下ろし、両足首からスッポリ抜き取ることができたのである。

2

明夫は、下半身が丸出しになった菜保子を見下ろした。着ているのは、左右にはだけたパジャマの上衣だけである。

寝息が静まるのを待ってから、明夫はまず彼女の脚を拭きはじめた。

太腿はムッチリと張りがあり、脛もムダ毛はなくスベスベだった。そして足の裏に顔を寄せ、そっと頬を押し当ててみた。

まさか、美しい叔母の足裏をこんなに近くで見る時がくるなど夢のようだった。

足裏の踵部分は固く、土踏まずは柔らかく汗ばんでいた。指の間に割り込むように鼻を押し当てると、股の部分はさらに汗と脂にジットリ湿り、ムレムレになった匂いを籠もらせていた。

今日は朝から立ち働き、動きまわったあげく入浴もしないで横になったから、自然のままの匂いをさせているのだろう。肛門も足の指も、菜保子のナマの匂いと思うと何より芳香に思え、明夫は叔父の気持ちが分かったような気がした。

両足とも執拗に嗅ぎ、そっと舌も割り込ませてみた。

うっすらとしょっぱい味が感じられ、明夫は順々に指をしゃぶり、両足とも味と匂いが消え去るまで堪能してしまった。そして充分に舐めてから、唾液と汗に濡れた足をタオルで拭き、脛から太腿へと舐め上げていった。

眠っている菜保子に無理がかからないように、そろそろと両膝を開かせて顔を割り込ませていく。いかに身体を拭くといっても、股間に潜り込んだ体勢では言い訳もきかないだろうが、興奮に舞い上がっている明夫は夢中で欲望を優先させてしまっていた。

完全に腹這いになって懐中電灯を照らすと、菜保子の中心部が丸見えになった。

明夫は黒々と艶のある茂みを観察し、真下のワレメに顔を寄せた。

ワレメから薄桃色の陰唇がはみ出て、白く滑らかな内腿に挟まれた股間全体に熱気と湿り気が満ち満ちていた。

伸び上がって寝顔を窺ってから、明夫はそっとワレメに指を当て、左右に開いてみた。浩子のワレメを見た時ほど、内部は濡れていない。それでも光に照らされて、細かな襞に囲まれた膣口の息づく様子や、ポツンとした尿道口、綺麗な色合いの柔肉などがつぶさに観察できた。

クリトリスは、浩子ほど大きくなく小粒だが包皮の下から真珠色の艶やかな光沢を覗かせていた。

明夫は恥毛の丘に鼻を埋め、柔らかな感触にくすぐられながら嗅いだ。やはり甘ったるい汗の匂いに、ほんのりオシッコの匂いが感じられ、明夫は貪るように深呼吸し続けた。

舌を伸ばし、そっと陰唇に当て、感触を味わいながら徐々に内部に差し入れていくと、襞や柔肉が唾液に潤い、たちまち舌の動きが滑らかになっていった。

それでも愛液自体は、まだそれほど溢れている様子はなかった。

しかしクリトリスを舐め上げると、

「う……!」

菜保子が小さく息を呑み、内腿と下腹をビクッと強ばらせた。

目を開けたらどうしよう……。明夫は息を詰めて様子を見守った。タオルで拭いているふりをするためには身を起こさなければならないし、その気配で目覚めてしまう恐れもある。結局、明夫は硬直したまま息を殺し、彼女の股間で身動き一つできないでいた。

菜保子も、すぐに平静の寝息に戻ってことなきを得たようだった。

明夫はじっとしたまま少し時間を置き、再びワレメを開いて舐めようとした。

すると、陰唇を広げて押さえつけた指がヌルッと滑るほど、中からヌラヌラとした生温かな愛液が溢れてきたではないか。

つい今まで、さして濡れた様子もなかったのに、ほんの少しクリトリスを舐めただけでこれほどまでに愛液が大洪水になるものなのだろうか。

思えば、ビデオの中で菜保子は激しく感じやすく、時には淫らで貪欲な部分も見せていた。それが彼女の本来の姿なのかもしれない。

明夫は少し迷った。

このまま汗を拭いて着替えさせれば、翌朝になって菜保子は気づき、恥じらいながらも明夫を優しい子だと評価してくれるだろう。だがクリトリスを舐めて先に大きな快感を与えてしまえば、たとえ菜保子が目覚めたとしても、その勢いに乗じて結ばれることができるかもしれない。

良い子と思われて好かれるか、多少強引にしろ結ばれて快感を得る方が良いか。後者の場合は、今後とも顔を合わせるのが気まずくなる可能性があった。

だがいくらも考え込むことなく、明夫は行動を再開させてしまった。何しろ目の前のワレメから、トロトロと美味しそうな蜜が溢れ続けているのである。

顔を埋め込み、湧き出す愛液をすするように舐めはじめた。ねっとりと舌にまつわりつく粘液は、淡い酸味を含んでいた。

濡れた舌でクリトリスを舐め上げると、

「あ……」

菜保子が小さく声を洩らし、ヒクヒクと下腹を波打たせはじめた。

明夫は様子を見ようと舌の動きを止めたが、菜保子はキュッと内腿で彼の顔を締めつけてきた。

「やめないで……、もっと舐めて、お願い……」

菜保子がうわ言のように言い、次第にクネクネと腰をよじるように悶えはじめた。

どうやら、もう彼女は半分目を覚ましているようだ。明夫は一抹の不安と緊張を抱えながらも、それ以上の興奮に突き動かされ、激しく舐めまわした。寝ぼけてるいるにしろ、この美しい叔母の口から舐めてと言われるのは大きな悦びだった。

「アア……、き、気持ちいい……。ダメ、いきそう……」

菜保子が声を上ずらせて口走り、いつしか自ら両手で巨乳を揉みしだきはじめたではないか。

「お願い、入れて、早く……」

菜保子が言い、すぐにも迎え入れたいように内腿の力をゆるめた。

身を起こした明夫は、手早くパジャマの上下と下着を脱ぎ捨てた。もちろんペニスは急角度にそり立ち、今にも暴発寸前になって粘液を滲ませている。

明夫は大股開きになっている菜保子の股間に膝を突いて腰を進め、幹に指を添えて先端をワレメに押し当てた。張り詰めた亀頭にヌメリを与えるように少し動かすと、菜保子が待ちきれないように腰を浮かせて位置を定めてきた。

そのまま明夫もグイッと腰を押し進めると、僅かな抵抗もなくなってヌルヌルッと滑らかに呑み込まれていった。

「ああーッ……!」

菜保子が声を上げ、ビクッと顔をのけぞらせた。

明夫も根元まで深々と貫き、あまりに大きな摩擦快感に暴発しないよう注意しながら熟れ肌に身を重ねていった。

菜保子も下から激しい力でしがみつき、ズンズンと股間を突き上げてきた。

明夫の胸の下で巨乳が押しつぶれて弾み、菜保子の熱く甘い息が彼の胸を心地好く満たしてきた。

内部は熱く濡れ、柔襞がペニス全体にからみつきながら、奥へ奥へと吸い込んでくれるような蠢きを繰り返した。明夫も下からの突き上げに合わせて腰を動かし、浩子とはまた違う豊かな肉のクッションに身を委ねた。

ここまでくれば、もうキスも大丈夫だろう。明夫は唇を重ね、舌を潜り込ませながら菜保子のかぐわしい吐息と柔らかな舌を心ゆくまで味わった。

「ンンッ……！」

菜保子も小さく呻きながら彼の舌に吸いつき、背中に爪まで立てて乱れまくった。

その狂おしい高まりに巻き込まれ、いつしか明夫も激しく股間をぶつけるようにピストン運動し、急激にオルガスムスの波に呑み込まれていった。

「アアッ……、い、いく……！」

明夫の勢いに菜保子も口を離し、口走りながらガクンガクンと全身を痙攣させた。

どうやら自分のような未熟者のセックスで、美しい熟女が本格的な絶頂を迎えてしまったようだった。

「く……！」

明夫は短く呻き、夢のような快感の渦の中でドクドクと大量のザーメンを噴出させた。

「アア……、熱い、もっと出して……、貴方……」

菜保子が口走り、まるで膣内でザーメンを飲み込むようにキュッキュッと膣内を収縮させ続けた。

（え……？）

明夫は最後の一滴まで出し尽くしてから、今の菜保子の言葉を思い出した。

ようやく激情も過ぎ去り、明夫は動きを止め、グッタリと力を抜いて彼女に体重を預けた。菜保子も全身の強ばりを解き、溶けてしまうように四肢を投げ出した。

甘い吐息を間近に感じながら、うっとりと余韻に浸っていた明夫だが、ジワジワと不安が広がっていくのを覚えた。

「こんなに良かったの、久しぶりよ。貴方……」

菜保子が力の抜けた声で囁きながら、うっすらと目を開いた。

そして明夫の顔を見て、一瞬怪訝そうな表情を浮かべ、やがて目を見開いた。

「え……？　どういうこと、明夫さんなの……？」

菜保子が声を険《けわ》しくした。それでも、まだ半萎えのペニスがキュッと締め付けられている。明夫は、やはり動くこともできなかった。

菜保子は熱に浮かされて朦朧としながら、ずっと明夫を亭主だと思い込んでいたようだった。

「お、おばさん……、僕……」

「い、いやッ……、夢じゃないのね。どうしてこんなことに……」

菜保子は涙ぐんで言ったが、やはり力が抜けて、上にいる明夫をはねのけることもできないでいた。

「だって、おばさんが舐めてとか入れてとか言ったから……」

明夫は悪戯を見つかった子供のように言ったが、菜保子は顔をそむけ、懸命に両手を突っ張って彼を引き離そうともがいた。

3

「ごめんなさい。僕、どうしたらいいか……」

ようやく身を離してから、明夫はおろおろして言った。菜保子は背を向け、嗚咽に肩を震わせている。

快感は大きかったが、それ以上の重苦しさが明夫を包み込んだ。菜保子が感じてくれたことで舞い上がっていたが、それは、朦朧としながらも自分だと認めてくれていたと甘い勘違いをしていたのだ。

とにかく風邪をひどくさせてはいけないので、身体を拭いてから着替えさせなければならない。下着やパジャマの替えは、この寝室にしまってあるだろう。

明夫は再びタオルを手にして拭こうかと思ったが、股間を拭う方が先かもしれないと、ティッシュを取って恐る恐る菜保子に近づいた。

「触らないで……！」

すると菜保子が振り返って言い、いきなり衝動的に彼の頬を叩いてきた。

「うわ……！」

不意打ちに驚いた明夫はベッドから転げ落ちてしまった。そのまま、頬を押さえて呆然となる。

この甘美な痛みまじりの快感は、いったい何だろう。父親には何度か叩かれたことはあるが、女性にされるのは生まれて初めてだった。明夫は、胸の奥に芽生えた何やら妖しい衝動に戸惑っていた。

「どうしたの……、大丈夫……？」

明夫がじっとしているので、急に心配になったように菜保子が身を起こし、上半身だけ羽織ったパジャマの前を掻き合わせながら声をかけてきた。指が震え、まだボタンをはめることはできないようだった。

「ごめんなさいね。いきなりぶったりして……」

「ううん。大丈夫です。驚いたのと、女の人に叩かれたのが生まれて初めてだったから」

明夫は胸の高鳴りを押さえながら身を起こした。まだ全裸なので決まりが悪く、ベッドの端に座って手足を縮めていた。

「とにかく着て……、冷えるといけないから……」

菜保子は静かに言い、ようやく気を取り直したように自分も毛布を引き寄せて丸出しの下半身を覆った。

明夫は彼女が落ち着きを取り戻したので少し安心し、手早く下着とパジャマを着けた。

菜保子も、まだ微熱にふらつくように横になり、肩まで毛布を引き上げた。もう背を向けることもなく、ティッシュで涙を拭き小さく息を吐いた。

「どうなったのか、説明して……」

菜保子が、まだ彼女のベッドの端に腰掛けてうなだれている明夫に言った。

「おばさんが、あんまり汗をかいていたから、拭いて着替えさせなければいけないと思って、それで何とか脱がせて拭いていたんです。そうしたら、おばさんが脚を広げて、舐めてって言うから……、僕もおばさんのことが好きだから、それで……」

神妙に言いながらも、明夫は全て朦朧としていた菜保子のせいにしていた。幸い、観察用の懐中電灯はベッドの下に転がり、彼女も気づいていないようだ。

「そんな……、どうして平気でそんなことしたの……」

菜保子は激しい羞恥に、顔の半分まで毛布を引き上げ、目だけこちらに向けて声を震わせた。

「平気じゃないです。僕、すごく嬉しかったから、言われる通りいっぱい舐めました」

「それで、私が入れてって言ったのね……。でも、そんなことがすぐにできたの……？」

菜保子は、すっかり明夫の言うことを信じてしまったようだ。

何しろ、今も快感の余韻がくすぶっているのだろう。しかも相手は、どこから見ても無垢に思える気弱そうな少年だ。彼が自分から行動を起こすとは、とても考えられないのかもしれない。

それに菜保子自身、ビデオで見た限りでは淫らな性を持った熟女である。それは誰よりも、自分自身が知っていることだろう。身体を拭かれているうち感じてきて、相手を亭主と思って求めたとしても、充分に有り得ると思ったようだった。

「したことはないけど、僕、前から体験してみたかったし、やり方は本やビデオで見たことあるから、それに、僕ほんとにおばさんが好きなんです……」

言いながら、いつしか明夫は本心からの告白を口にし、その興奮と感激に涙ぐみそうになってしまった。

その表情も言葉も、真摯なものとして菜保子の心を打ったかもしれない。

「わかったわ。悪いのは私の方ね……」

菜保子は言った。そして毛布の中で、そっと股間の痕跡に触れたのだろうか。手を延ばしてティッシュを取り、中で拭いているようだった。

「そこの二番目の抽出しに、パジャマがあるから出してくれる……？」

さらに彼女は、毛布の中で汗に濡れたパジャマの上衣も脱いでいる様子で動きながら言った。

明夫は立ち上がり、言われた抽出しから別の花柄のパジャマ上下を取り出した。

「あの、下着の替えは……？」

「いいわ。それだけで……」

菜保子は、パジャマだけ受け取り、毛布の中で着ようとした。

「まだちゃんと、拭いてからでないと」

明夫は言い、またタオルを持って彼女に近づいた。もう叩かれることはないだろうし、汗ばんだままパジャマを着せるのも気が引けたのだ。

毛布をめくると、菜保子は背を向けたものの拒みはしなかった。横たわったままパジャマを着るのは、まだ熱で怠い身体には億劫だったようだ。

明夫は白く滑らかな背中を拭き、お尻から太腿までタオルを這わせた。

さらに首筋から胸へ移動させながら仰向けになるよう促すと、菜保子は素直に仰向けになって、それでも両手で乳房は隠していた。

肌をこすっているうち、すぐにも明夫はムクムクと回復してきてしまった。何しろ、いちばん好きな叔母が全裸で目の前にいるのだ。たった一回の射精で治まるはずもないし、その余韻さえ叩かれたことでリセットされたようなものだった。

「ねえ、僕、今夜、おばさんと一緒に寝たい……」

拭きながら、思いきって言ってみた。

「ダメよ……、風邪が感染《うつ》るから……」

菜保子は目を閉じたまま言ったが、風邪のことなど、もう二人にはどうでもよいことだった。

しかも彼女の口調には、強く拒むような様子が感じられず、むしろ裸を見られて肌を拭かれていることで、徐々に興奮と快感が甦っているのではないかと思えるほど、熱い呼吸に巨乳が起伏しはじめていたのだ。

それに一度してしまったのだ。それはもう取り返しのつかないことである。だったら、一度も二度も同じなのではないか。菜保子がそう思ってくれることを祈った。

「ね、シーツも替える？　かなり湿っているから」

「そうね……」

菜保子は少し迷ったようだ。確かに、熟女の甘い汗の染み込んだシーツは、明夫には魅力であっても、本人は不快だろう。

「じゃ、そっちへ移るわ……」

菜保子は言い、まだ着ていないパジャマで身体の前を隠しながら身を起こし、急いでセミダブルの方へ移動した。そのときに明夫も意を決し、一緒になって布団に潜り込んでしまった。

身体をくっつけても、菜保子はもう何も言わず、突き放そうともしなかった。

セミダブルに移ったことで、一緒に寝ることを黙認したようなものである。明夫に一人で、汗に湿ったシングルで寝ろと言うはずもなかった。

セミダブルは叔父の専用だが、載せてある布団は明夫のものだから、別に嫌ではなかった。ただ布団はシングル用だから、結局は広い感じはせず、二人だと身体をくっつけていないといけなかった。

「ね、こうして……」

明夫は、ここまできたら大胆に、菜保子の腕を潜り抜けて腕枕してもらった。

菜保子も、替えのパジャマを着そびれたまま、拒む余裕もない様子で明夫の言いなりの体勢になってしまった。

「具合、大丈夫？」

「ええ……、でもいい？　おとなしく寝るのよ……」

菜保子が囁き、熱く甘い吐息が明夫の顔を撫でた。

もう菜保子も朦朧とした感じはなく、ひと眠りして汗をかき、濃厚な快感も得て、さっきと比べすっかり顔の血色もよくなっていた。それに、すっかり目も冴えてしまったようだし、しきりに熱い喘ぎを堪えるように、断続的に息を詰めて肌を強ばらせる感じが伝わってきているのだった。

明夫は腕枕されながら、ろくにボタンも止めていなかったパジャマを脱いでしまい、下着とズボンも下ろして布団の中から出してしまった。

「何をしてるの……！」

菜保子が咎《とが》めるように言うが、お互い全裸で、肌と肌を密着させる感触におののくように、全身を硬直させた。

「だって、この方が気持ちいいし、温かいから……」

明夫は、うっすらと腋毛の煙る腋の下に甘えるように顔を埋めながら言った。

我ながら大胆で積極的な行動だと思う。だが、浩子と体験し、そのうえ朦朧となっている状態とはいえ憧れの叔母ともセックスしてしまったのだ。

その自信と、戸惑いながらも興奮の感じられる菜保子を前にここは自分が突き進まなければいけないし、何もせず朝を迎えてしまったら後悔すると自覚したのであった。

4

「ダメよ、そんなに顔をくっつけないで……」

菜保子が困ったように言い、明夫の顔を腋から引き離そうと身じろいだ。

「だって、とってもいい匂いだから……」

明夫は執拗に顔を埋めながら言い、何度も甘ったるい汗の匂いを吸い込んだ。

さらにそろそろと手のひらを巨乳に這わせ、ようやく腋から移動して乳首に吸い付いていった。

「あう……！　ダメ、いけないわ……」

菜保子がビクッと肌を震わせて言った。もちろん明夫は離れず、コリコリと硬くなっている乳首を舌で転がし、唇に挟んで小刻みに吸い上げた。

「あ……、アア……、やめて……」

菜保子は喘ぎ、次第に激しくクネクネと身悶えはじめた。

「どうかお願い。親戚で、そんなことしたらいけないのよ……」

「だって、さっきはしたじゃない」

明夫は乳首から口を離し、もう片方を弄びながら言った。

「さっきは、わけが分からなかったの……」

「おばさん、さっきはすごく声を出してた……。女の人って、そんなに気持ちいいものなの……？」

明夫はシッカリとしがみつきながら言った。菜保子が目醒めているときにするのはこれが初めてなのだから、性急に黙々と行なうよりも会話の一つ一つまで味わいたかったのだ。

「いや、言わないで……」

「僕、おばさんに最初から全部教わりたい……」

明夫は甘えるように身体をすりつけながら、すっかり回復しているペニスをグイグイと彼女の太腿に密着させた。

「ダメよ。そんなこと、できるわけないでしょう……」

菜保子は困り切ったように言いながらも、少しもじっとしていられないように身悶え、熱い喘ぎを繰り返した。彼女自身、お互い布団の中で裸の身体をくっつけ合っているという状況に、後戻りできないものを自覚しているだろう。

明夫はもうひと押しと思い、巨乳から手のひらを離し、柔肌をたどりながら股間の茂みを探った。

「あッ……！」

菜保子が息を呑み、思わず内腿をギュッと閉じた。

明夫はワレメの谷間に添って中指を滑り下ろし、陰唇を掻き回すように動かしながら、浅く内部に差し入れてみた。すると、指先がヌルッとした熱いものに触れた。逆流したザーメンではなく、新たに溢れた愛液だろう。

「おばさん、すごく濡れてるよ。ほら、僕もこんなに……」

明夫は指を蠢かせながら、さらにペニスを強く彼女の肌にこすり付けた。

そのとき菜保子が意外な行動を起こしてきた。布団の中で、やんわりと彼の強ばりを握ってきたのだ。

「う……」

明夫は驚いたように呻き、陰唇を探る指の動きを止めた。

菜保子は喘ぎながら、ほんのり汗ばんだ手のひらで包み込んだ肉棒を、やわやわとソフトタッチで揉んでくれた。

「すごいわ、こんなに硬くなって……」

菜保子が甘い息で囁く。いつしか彼女の方が、グイグイと熟れ肌をくっつけて明夫を抱き締めてきていた。

「本当に知りたいの？　おばさんが初めてでいいの……？」

「うん……」

明夫は、自分が挑発したことも忘れ、すっかり手ほどきを受ける受け身体勢になりながら、その気になってしまった彼女の勢いに激しく胸を高鳴らせた。

「おばさんも明夫さんみたいな子が好きよ。可愛くて仕方がないの。もう、最後まで止まらなくなってしまうわ。それでもいいのね？」

菜保子は囁きながら、とうとう上からのしかかり、ピッタリと唇を重ねてきた。

「ンン……」

熱く甘い息を弾ませながら菜保子は舌を差し入れ、彼の口の中を隅々まで舐め回してきた。その勢いに圧倒され、明夫はすっかり彼女が思っているような無垢な少年に戻ったように身を縮め、ワレメからも指を離して全てを任せていた。

彼女もペニスから手を離し、明夫の頬に手のひらを当てて、慈《いつく》しむというより固定しながら貪り続けていた。

菜保子の舌は長く、ぽってりと厚みがあり、その艶めかしい蠢きは何やら軟体動物のようだった。唾液に濡れて吸い付く唇の感触も濃厚で、しかも間近で感じる熱く湿り気ある甘い息を心ゆくまで吸い込むことができ、明夫は舌をからめながら、ぼうっと全身の力が抜けてしまった。

すると、いきなり菜保子は口移しに、トロリと大量の唾液を注ぎ込んできたのだ。

明夫は急に口の中が生温かなものに満たされ、うっとりと味わいながら飲み込んだ。

「あ、ごめんなさい。つい……」

菜保子が唇の密着をゆるめ、慌てて言った。

どうやら叔父を相手にキスするときは、彼が悦ぶため年中唾液を飲ませていたようだった。ビデオで見るかぎり、叔父はそうしたものを飲むのが好きなようだから、菜保子もすっかり習慣になってしまったのだろう。

「ううん、とっても美味しい。もっと飲ませて……」

明夫は酔い痴れながら、恥ずかしい要求もすんなり口にできた。

「だって、汚いわ。人の口から出たものだから」

菜保子は、飲ませておきながら困ったように言った。たとえ今までに叔父以外の男を知らなくても、それが一般的でないことぐらい分かっているのだろう。

「おばさんのなら汚くないから。ねえ、もっと……」

別に、女性のなら誰のでも汚くないのだが、今はとにかく目の前にいる女性が明夫の女神様だ。それに実際、叔父のように菜保子の身体から出るものを何もかも受け入れて吸収したい気持ちになっていた。

「本当に欲しいの……？」

近々と菜保子が見つめて囁く。その目は興奮に熱っぽく潤んでいた。

彼女にしてみれば、亭主と血の繋がりのある甥だから、さしてアブノーマルな要求があっても納得してくれるかもしれない。もちろん彼女は亭主の性癖を、明夫はビデオを見たことを、お互い絶対に秘密にしていくことだろう。

「知らないわよ。普通の世界に戻れなくなっても……」

菜保子は人が変ったように妖しい眼差しで言いながら、再びピッタリと唇を重ねた。

ビデオでもこのように、興奮がある程度以上に高まると、菜保子は自分から行動を起こしていたのだ。言わば叔父が主導権を握りつつ、何でも自分の身体から出るものを与えて悦びを得る女王に仕立て上げられたのである。

今度はさっきより大量に、生温かい唾液がトロトロと注がれてきた。

明夫は嬉々として味わい、その適度な粘り気を持つ小泡の多いシロップを飲み込んで甘美な興奮に包まれた。

そして心ゆくまで舌をからめると、菜保子は密着したまま唇を移動させ、長く伸ばした舌で彼の鼻を舐め上げてきた。

「ああ……」

明夫はその心地好さに思わず声を洩らし、熱く甘い匂いと舌のヌメリで溶けてしまいそうな快感に喘いだ。

菜保子はもう微塵のためらいもなく明夫の顔じゅうにまで舌を這わせ、鼻の穴から瞼、頬から耳の穴までまんべんなく舐め回してくれた。舐めるというより大量の唾液を分泌させ、それを舌で塗り付ける感じである。

たちまち明夫の顔は温かく清らかな美女の唾液にまみれ、甘い吐息と甘酸っぱい唾液の匂いに包まれた。汚される感じはなく、むしろ浄められる思いがした。

「嫌じゃない?」

「うん、気持ちいい……」

「美味しいわ。このまま食べてしまいたい……」

菜保子が舐めながら囁き、それだけで明夫はゾクリと背筋が震え、危うく漏らしそうになるほど高まってしまった。

そして彼女は徐々に首筋から明夫の胸へと舐め下り、少年の乳首に吸い付いてきた。舌を這わせ、お行儀悪く音を立てて吸い、軽く歯を立ててきた。噛みながら、どこで彼が降参するか、ジワジワと力を込めてくる。

だが、さすがに途中で口を離した。

「痛くないの?」

「うん。おばさんになら、何をされてもいい。もっと強く嚙んで……」

明夫は激しく勃起しながら言った。菜保子が再び、今度はもう片方の乳首に吸いつき、容赦ない力を込めて歯を食い込ませてきた。

「ああ……」

甘美な痛みに明夫は喘ぎ、クネクネと身悶えた。男でも、乳首への刺激が股間に響いてくる様子がはっきり分かるほどだった。

さらに菜保子は彼の脇腹にも濃厚な愛咬を繰り返し、熱い息で肌をくすぐりながら股間へと移動していった。それでも嚙むばかりでなく、オヘソもクチュクチュ舐めてくれたし肌のあちこちにもチュッと艶めかしく吸い付いてくれた。

そしていよいよ菜保子の熱い息が、明夫の快感の中心に吐きかけられてきた。

5

「ここは、嚙んだらダメ？」

菜保子が笑みを含み、大きく開いた明夫の股間に腹這いになって、指で強ばりを弄びながらからかうように言った。

「そっとなら……」

「そう？　でも知らないわよ。夢中になったら嚙み切るかもしれないわ……」

菜保子はクスッと笑い、とうとう張り詰めた亀頭にしゃぶりついてきた。

寝室の薄明かりで、髪を乱してペニスに食らいつく菜保子は、とても昼間と同じ人とは思えなかった。

根元に指を添え、熱い息で恥毛を刺激しながら亀頭に舌を這いまわらせてきた。尿道口から滲む粘液を舌先でチロチロと舐め取り、まだ肉棒全体はさっきのザーメンと自分の愛液に湿っているだろうに、菜保子は厭《いと》わず喉の奥までスッポリと呑み込んだ。

そして熱く濡れた口の中をキュッと締めつけ、強く吸いながらチュパッと離した。

そのまま幹を舐め下り、陰嚢をしゃぶり、睾丸を舌で転がした。さらに内腿を舐め、そこは遠慮なく大きく開いた口で嚙みつき、心地好く歯を食い込ませてきた。

「く……！」

明夫は、今にも暴発しそうな高まりの中、クネクネと身悶えるばかりだった。

菜保子は内腿を嚙みながら移動しては反対側も同じようにし、再び幹をたどって先端まで舐め上げた。尿道口の少し下の包皮の出っ張りを前歯で挟み、軽くモグモグと刺激されると、何とも言えない快感が背骨を走り抜けるようだった。

菜保子はすぐに歯を引っ込め、また喉の奥までスッポリと含んだ。内部ではクチュクチュと舌が蠢き、ペニス全体は温かな唾液にどっぷりと浸った。

「も、もう出ちゃう……」

明夫は激しい高まりに思わず口走った。

「ダメよ。我慢して」

「じゃ、僕が舐める……」

辛うじて暴発を堪えた明夫は、彼女の手を握って引き寄せながら言った。

「どうしてほしいの？」

「こうして、跨いで……」

明夫は仰向けのまま、菜保子を引き上げて顔を跨がせた。

彼女は内心、何て似ている叔父甥だろうと思っているかもしれない。それでも明夫も、この体勢が好きなのだから仕方がない。

菜保子もためらいなく、完全な和式トイレスタイルで腰を沈めてきてくれた。

「ねえ、初めてだから、開いて見せて……」

すぐ舐めるよりも、菜保子公認のもとで観察したかった。

「いいわ。恥ずかしいけれど……」

菜保子も、すぐに指を当ててグイッと割れ目を広げてくれた。

明夫の鼻先で、熟れた果肉が奥まで丸見えになった。内部は新たな愛液にヌメヌメと潤って息づき、真珠色の光沢を放つクリトリスもツンと突き出ていた。同じワレメでも、仰向けの彼女のものを覗いたときと、下から見上げるのではずいぶん表情が違うものだと思った。

「見える？　ここへ入れるのよ……、アア……、もうダメ、早く舐めて……」

明夫の熱い視線と吐息を感じるうち、菜保子は激しく喘ぎはじめた。そして広げていた指を離して前屈みになり、両膝も突いてほぼ四つん這いの体勢になって彼の顔に股間を迫らせてきた。

と、ワレメから溢れた愛液がツツーッと糸を引いて淫らに滴ってきたではないか。

それを舌に受け止めながら、明夫は彼女の腰を抱き寄せた。菜保子も完全に座り込み、熱く濡れたワレメでピッタリと彼の鼻と口を塞いだ。

「ク……！」

明夫は心地好い窒息感の中で呻き、必死に舌を這わせはじめた。

鼻にシャリシャリとこすられる柔らかな恥毛には、さらに濃くなった汗の匂いが満ち、顔を挟むような内腿の弾力が何とも気持ち良かった。

溢れる愛液はネットリと彼の舌を濡らし、さらに半面をヌラヌラと彩った。

内部に差し入れて舐めまわすと、柔肉が蠢きながら舌を包み込むようだった。

このヌメリの中には、自分のザーメンも混じっているかもしれないが、特にその匂いや味は感じられなかった。

さっきティッシュで拭いただけで充分に拭い取られたか、あるいは愛液に洗い流され、奥の分は吸収されてしまったのだろうか。たとえ大量に混じっていても、自分の出したものだから汚いはずもない。まして浩子だって飲んでくれたものだから、明夫は全然気にならなかった。

舐めたりすすったりするというより、飲み込めるほど大量の愛液を吸収しながら、明夫はクリトリスに舌を這わせていった。

「ああッ……！　そこ、もっと強く……」

菜保子が声を上ずらせて口走り、さらにグイグイと小さな突起を押し付けてきた。

明夫は舌先で弾くように舐め上げ続け、さらに上の歯で包皮をめくり、完全に露出したクリトリスを激しく吸った。

「いいわ、とっても気持ちいい……」

菜保子は熱く喘ぎながら言い、彼の顔全体にワレメをこすりつけるように動かしてきた。明夫は愛液に溺れそうになりながらもクリトリスを舐め、さらに潜り込んで肛門にも舌を這わせた。

「あん、そこも舐めてくれるの……?」

菜保子は拒まず、キュッキュッと襞を収縮させながら、内部にも入れろとせがむように括約筋をゆるめてきた。明夫が舌を押し込み、ヌルッとした粘膜を舐めまわすと、菜保子はワレメに潜り込んだ彼の鼻にも襞をこすりつけてきた。

「もう、我慢できないわ……。いい? なるべく長く我慢するのよ……」

菜保子は充分に高まったようで、ようやく彼の顔から股間を引き離し、そのまま移動していった。女上位で明夫の股間に跨り、柔肉にペニスを受け入れながらゆっくりと座り込んでくる。

たちまち屹立した肉棒が、ヌルヌルッと菜保子の奥深くに呑み込まれていった。

「アアーッ……!」

完全に腰を下ろした菜保子が巨乳を揺すって喘ぎ、少年のペニスを味わうようにキュッときつく締めつけてきた。

明夫も、熱く濡れた柔肉に包まれながら暴発を堪えて息を弾ませた。熟女だから緩いなんていうのは迷信だった。子を産んでいない菜保子は、浩子に匹敵するほどの締め付けと温もりで明夫を高まらせた。

「いいわ、すごく大きい……」

菜保子は熱く甘い息で忙しげに囁きながら、身を重ねてきた。巨乳がムニュッと彼の胸に密着して弾み、明夫はペニスへの刺激を少しでも紛らわそうと、屈み込んで乳首に吸いつき、伸び上がって唇を求めた。

菜保子も激しく舌をからめ、股間というより身体全体をこすりつけるように動いた。いつしか明夫も下からズンズンと股間を突き上げ、彼女のリズムに合わせていた。その熱くヌルヌルした柔襞の摩擦は、後戻りできないほどの快感を彼にもたらした。大量に溢れる愛液は彼の股間までベットリとヌメらせ、明夫は美しい熟女に組み敷かれながら急激に昇りつめてしまった。

「ああっ、いっちゃう……！」

「ダメよ、まだ出さないで……」

菜保子は口走ったが、腰の動きは止めなかった。互いの股間がぶつかるたびにクチュクチュと淫らに湿った音が響き、何やら身体中が一本のペニスとなって菜保子の肉の中で揉みくちゃにされているようだった。

「く……！」

いくら我慢しても間に合わず、明夫は激しい快感に貫かれ、ありったけのザーメンをドクドクと噴出させてしまった。

「あん……、ダメ……」

菜保子も慌てて絶頂を迎えようと気を高めたようだったが、先に明夫が全て出しきって終えてしまった。明夫は溶けてしまいそうな幸福感と満足に動きを止め、菜保子の体重を受け止めながら余韻に浸った。

しかし菜保子はまだ動き続け、膣内でペニスをしごき続けていた。

「アア……、いきそう……。お願い、突いて……」

菜保子が腰の動きを激しくさせ、声を上ずらせた。

(え……?)

明夫は、何やら急激な高まりを覚えて戸惑った。あれほど勢いよく放出したはずなのに深々と収まっているペニスは、一向に萎えようとしないのだ。しかも射精直後の虚脱感が襲ってこず、再びジワジワと高まりはじめたのである。

間髪をおかず、二度できるなどということが起こるのだろうか。

(ぬ、抜かずの二発……？　まさか……)

明夫は思いながらも、また股間を突き上げはじめた。菜保子の激しい動きに、特に亀頭の表面が膣内の天井に強くこすられた。

「い、いく……、アアーッ……！」

菜保子が声を上げ、狂おしく股間をこすりつけながらガクンガクンと全身を波打たせはじめた。同時に膣内が何とも艶めかしい収縮をし、明夫もその勢いに巻き込まれるように立て続けにオルガスムスの快感に包まれた。

「あぁッ……！」

明夫は、二度目の射精に驚いて声を洩らした。さっきあれほど出し尽くしたと思ったのに、ちゃんと脈打つ感覚が伝わってくるのだ。何やら自分の肉体の、新たな可能性を発見した思いで嬉しく、明夫は今度こそ、最後の一滴まで搾り尽くした。

「すごいわ。とっても気持ち良かった……」

全身の硬直を解いた菜保子は、満足げに力を抜いて囁き、うっとりと彼に体重を預けてきた。明夫も、菜保子の甘い吐息を間近に感じながら心地好い余韻に浸り込んだ。

第四章　二人のお姉さんと

1

「あ、柏木さんのお宅ですか？　私は柏木先生の教え子の小管と申しますが」

電話に出た明夫は、気取った声なので最初は誰かと思ったが、すぐに思い出した。

「浩子さんですか。僕です。明夫」

「ああ、よかった。多分そうじゃないかと思ったけど、万一違っていたらと思って」

浩子も、すぐに砕けた口調になって言った。

「いましゃべっていて大丈夫？」

「ええ、おばさんは買い物に出てますから僕だけです」

「そう。今日これから出られない？　お夕食まで付き合ってほしいんだけど」

浩子が言う。今日は大学ではなく自宅のようだった。

「はい。すぐおばさんが帰ってくるから、言えば出してくれると思います」

「じゃ私のマンションに来て。駅前から携帯に電話くれれば迎えに行くから」

浩子は、最寄り駅と携帯番号を告げて電話を切った。

明夫は、何やら淫らな期待に胸が弾んだ。浩子のことだから、きっと明夫の欲望を受け入れてくれるだろう。何と言っても明夫にとって最初の女性なのだから、会えるのはやはり嬉しかった。まだ昼食を終えたところだから、時間はたっぷりある。

それに、菜保子と結ばれた夜から数日が経っているのに、あれから菜保子は一向に彼を寝室に入れてくれないのだ。

翌朝、明夫が目覚めたときには、すでに菜保子はベッドにおらずキッチンで朝食の支度をしていたのである。風邪は、一晩ですっかり治ったようだった。

そして何事も無かったかのように普段どおりの笑顔で接し、明夫も一瞬、セックスしたのは夢ではないかと思ったほどである。

セミダブルに載せていた彼の布団も、その日のうちに二階に戻されてしまったが、なまじ結ばれた記憶と余韻があるから明夫は哀しかった。どうせ家に二人きりなのだからと、夜に明夫が菜保子の寝室に入りたがると、彼女は頑として拒んだ。

「明夫さん、私、あの夜は熱があって何も覚えていないの。だから、おとなしく二階で寝てちょうだい。寝室に鍵を掛けるようなことはしたくないから、だからお願い」

菜保子に真剣に言われると、明夫もそれ以上食い下がれず、渋々二階で薄れゆく記憶を頼りにオナニーする日々が続いていたのだった。

どうして、あんなに燃えたのに、一夜明けると忘れたがるのだろうか。大人とは、みんなそういうものなのだろうか。明夫には理解できなかった。

それでも予備校の講習会には順調に出席し、最後の模試も終えた。こんな精神状態なのに自分でもまずまずの出来だったが、この家に滞在するのもあと数日となり、間もなく叔父も帰ってくるだろう。

そんな折りの浩子の誘いだから、明夫は胸が弾んだ。

だから菜保子が買い物から戻ってくると、すでに明夫は出かける支度を整えていた。

「すみませんが、知り合いになった叔父さんの教え子の方たちに誘われたんです。向こうで夕食がすんだら、遅くならないように帰りますから」

「わかったわ。これからも大切なお友だちになるかもしれないのだから、行ってらっしゃい。でもお酒だけは飲んだらダメよ」

菜保子は言い、小遣いと帰りのタクシー代として一万円をくれた。女性とは思わず、また明夫も複数のように言ったから、特に何も心配していないようだった。

明夫は家を出て、一駅乗ってから駅前の公衆電話で浩子の携帯に掛けた。まだ彼は携帯を持っていない。大学に合格したら買ってもらえることになっているのだ。

間もなく浩子が顔を見せた。マンションではなく、時間を見計らって駅周辺に来ていたようだった。

「お久しぶり。こっちよ」

浩子は明夫を自分のマンションの方へ案内した。

「お願いがあるんだけど」

「はい、何ですか?」

「前に言った同居人の、セックスの相手になってほしいの」

「え……?」

言われて明夫は目を丸くした。

「高校の二年後輩で、早生まれなのでまだ十八。本当におとなしい子で、まだ処女なの。中一の時にどこかのオジサンに悪戯されそうになって、それ以来男の人が怖いのだけれど、セックスへの興味は大きいみたい」

彼女は、明夫より一級上の大学一年生のようだ。

「名前は、橋野友江《はしのともえ》。すごく可愛い子だから、明夫くんも気に入るわよ」

「で、でも彼女の気持ちが……」

「大丈夫。君みたいに年下の可愛い子なら試してみてもいいって」

「だって、会ってもいないのに……」

「私が話したわ。写真も見せたし。ほら」

浩子は携帯に記録されている、明夫のスナップを見せた。そういえば前に、渋谷の町を歩いている時に撮られた記憶があった。

とにかく明夫は、浩子と二人きりではなく、もう一人の女子大生とも会うということで戸惑いはあったが、どちらにしろ淫らな展開になりそうなので期待した。少なくとも浩子は、菜保子のようにセックス体験をなかったことにするようなタイプではなくて安心したものだった。

やがて明夫は浩子について駅近くのマンションの建物に入り、エレベーターで五階まで上がった。そして廊下の一番奥のドアの前に立ち、チャイムを鳴らすとすぐに内側から開かれた。

「ただいま。連れてきたわ」

先に入った浩子が言うと、友江はチラと後から入ってきた明夫を見た。

「こんにちは……」

友江がオドオドとした眼差しで小さく言い、頭を下げた。眼鏡をかけ、長く綺麗な黒髪をした小柄な子だ。何だか瞳よりも幼く見え、地味なほど真面目でおとなしげで、図書委員と言った印象を受けた。

「こんにちは。柏木明夫です」

明夫も挨拶して、女二人の城に上がり込んだ。浩子が、ドアを内側からロックする。中は2LDK。六畳の洋間二つが、浩子と友江それぞれの部屋で、リビングは共有。キッチンも綺麗に片付けられていた。ドアの奥から湯の出る音が聞こえているから、そちらがバスルームなのだろう。

「お茶でも入れるわ。座って」

浩子が言い、キッチンに立った。すると友江まで行こうとするので、

「友江はダメ。おとなしく彼のそばにいなさい」

浩子に戻されてしまい、友江は仕方なく横長のソファの端に座った。

明夫も、その反対側に座った。正面にテーブルとテレビがあり、あとは数本のビデオテープ、雑誌類だけだ。ソファはこの一つだけで、友人が来た時用のものか、恐らく背もたれを倒してベッドになるタイプのものだった。

友江はかなり緊張しているように身を縮めているが、たまにそっと明夫の横顔に視線を投げかけていた。

こんな可憐でおとなしい子を自由にできるのだろうか。明夫は期待に股間が疼いてきてしまった。しかも二人きりでは気詰まりになるかもしれないが、浩子も一緒だから心強かった。もっともそれは、友江も同じ気持ちだったろう。

浩子が紅茶を入れてテーブルに戻ってきた。

「ほら、もっとそばに寄りなさい」

浩子に言われ、友江はモジモジと明夫の方に移動してきた。浩子が座ると、友江を真ん中にして三人並んだ感じだ。その様子が、スイッチの入っていない大型テレビの画面に映っている。

「どう？　彼なら大丈夫そうでしょう？　友江は年上なんだから、遠慮なく好きなようにすればいいのよ。明夫くんは、決して図々しく自分から行動を起こしたりせず、ちゃんと受け身になってくれるから」

浩子が、友江を盛り立てるように言う。

「明夫くんはどう？　友江のこと」

「ええ、とっても可愛い人です。年上に可愛いなんて失礼だけれど……」

「そうでしょう？　こんな可愛い子が処女なんていけないわ。じゃ、私の部屋は散らかっているから、友江のお部屋でしましょうね。そろそろお風呂も入れるけど」

「じゃ、僕お先に入ってきます」

明夫は紅茶を飲んで立ち上がった。溜りに溜まった欲望で、待ちきれない思いだった。それに友江も実に可憐で、たちまち明夫もその気になってしまったのだ。

「友江も一緒に入ってくる？」

「いえ、私は後から……」

言われて、友江が慌てて言った。

「あの、お願いなんですが、お風呂は僕だけで、女性たちは全部済んでからに……」

明夫は、恥ずかしいのを我慢して言った。

「そうだったわね。明夫くんは生フェロモンじゃないと燃えないのよね。じゃ友江、先にお部屋に行ってましょうね」

「でも私、今日はまだお風呂に入ってないし……」

「大丈夫。少しぐらい汗臭い方が好きなんだって」

「ああん、ダメ、恥ずかしい……」

むずかる友江をなだめながら、浩子は彼女の肩を抱いて強引に部屋に連れていってしまった。

明夫はバスルームへ行き、脱衣所で手早く全裸になった。洗面所も清潔で、ドアノブのピンクのカバーや並んだ歯ブラシなど、いかにも美しい女子大生の二人暮らしといった感じだった。

バスルームに入ると、湯はもう自動で止まっていた。明夫はシャワーの湯を浴び、手早く身体を洗いながら緊張を静めるため放尿し、やがてゆっくり湯に浸かってから出た。

身体を拭いて、用意されていたバスタオルだけ腰に巻き、脱いだ服を持って戻っていった。そして二人が入っていった部屋のドアをノックし、開けて見ると、すでに友江はベッドに潜り込んでいた。床には脱いだ服が置かれ、傍らでは浩子も全裸になってベッドの端に座っている。

その様子と、室内に籠もる女の匂いに明夫は激しく興奮した。

2

「いいわ。来て」

浩子が手招き、明夫は友江の私室に入っていった。部屋にはベッドと机、本棚、作り付けのクローゼットなどがある。棚の上に並んだ動物のぬいぐるみが、友江の幼さを物語っているようだ。

浩子が布団をめくると、

「やん……！」

友江が身体を縮めて声を上げげた。透けるように色白で、華奢に思えたが胸も腰もそれなりに丸みがあり、やはり高一の瞳などよりは成熟した印象があった。全裸に眼鏡だけかけた様子が、何とも新鮮で艶めかしい感じがした。

「まだ大丈夫よ。先に男の子の身体の観察からはじめるんだから、とにかく場所を空けなさい。まだ友江の身体は見やしないから」

浩子に言われ、友江は手足を縮めながらベッドの端へ行って真ん中を空けた。

「じゃ、明夫くんは仰向けになって。友江に男の身体を見せてあげるのよ」

浩子が誘い、明夫も友江のようにやや緊張しながらベッドに上った。そして仰向けになると、すぐに浩子が腰のバスタオルを取り去ってしまった。

枕にもシーツにも、友江の甘ったるい体臭が染みつき、まして全裸の美人女子大生が二人もそばにいるのだから、明夫は最初からピンピンに激しく勃起していた。

「さあ見て、友江。これが男なのよ」

浩子に言われ、友江も恐る恐る視線を向けたが、

「キャッ……！」

すぐに両手で顔を覆ってしまった。故郷へ帰って瞳と体験する時がきたら、彼女もきっとこんな反応をするのだろうかと、興奮の片隅で明夫は思った。

「ダメよ。別に食いついたりはしないんだから、シッカリちゃんと見て」

浩子にたしなめられ、友江は覚悟を決めたように顔から両手を離した。

「そう、もっと近くに寄って。これがペニスよ。ここが亀頭、先っぽが尿道口。オシッコもザーメンもここから出るの。前に一緒に見たAVはモザイクがかかっていたけど、だいたいのことは分かっているでしょう？」

浩子が説明をし、徐々に友江も熱い視線をそらさずに向けてきた。

美女二人に、左右から見下ろされるのは何とも妖しい興奮をもたらし、触れられてもいないのに明夫は何度かヒクヒクとペニスを震わせてしまった。

「これが陰嚢。中に睾丸というタマタマが二つ入ってるわ。ここでザーメンを作っているの。分かった？」

「ええ……、でも、こんなに立ってる……」

「そうね。今は興奮しているから立ってるの。ザーメンが出れば、気が治まって小さく柔らかくなるわ。じゃ、触ってみて」

浩子が言い、明夫は緊張に肌を強ばらせた。

「でも……」

「大丈夫よ。お風呂に入ったばかりで綺麗だから。ほら」

浩子は先に手を延ばし、やんわりと幹を握ってきた。すると友江も恐々と手を延ばしてきた。浩子が離すと、入れ替わりに友江もそっと肉棒を手のひらに包み込み、硬度や感触を確かめるようにニギニギした。

「ああ……」

ほんのり汗ばんだ、柔らかな手のひらの感触とぎこちない動きに、明夫はゾクゾクと胸を震わせながら喘いだ。

「あん、ピクピク動いてるわ。それに先っぽから何か出てきた……」

友江が、驚いたようにサッと手を引き離して言った。

「これはザーメンじゃないわ。友江も気持ちいいと濡れるでしょう。それと同じよ」

浩子が言いながら友江の身体を引き寄せ、もう一度握らせた。

いつしか仰向けの明夫の股間に、美女二人が挟むように身を寄せ、息がかかるほど顔を迫らせて観察をはじめていた。

次第に友江も勃起したペニスの形状に慣れはじめたか、ぎこちないながら浩子と一緒に遠慮なく触れてくるようになってきた。陰嚢を手のひらに包み込み、コリコリと握って二つの睾丸を確かめたり、それを持ち上げて肛門の方まで覗き込んできた。

明夫は二人がかりの、予想もつかない刺激にクネクネと身悶えた。

二人の指先はペニスに戻り、張り詰めた亀頭がいじられ、そそり立つ幹を指で弾いたりされた。

「もう大丈夫でしょう?」

「ええ、何だか可愛くなってきたわ……」

「じゃ、今度は舐めてみて」

「え……?」

浩子に言われ、友江は再びビクッと身じろいだ。

「前に一緒に観たAVでもみんなしていたでしょう。これは普通にすることなのよ」

「でも……」

「じゃ、私が先にしてみるわね」

ためらう友江の前で、浩子が屈み込んできた。舌を伸ばして幹を舐め上げ、次第に亀頭を集中的にしゃぶりはじめた。もちろん粘液の滲む尿道口も念入りに舐め、やがて丸く開いた口でスッポリと含んだ。

それを友江が息を呑んで見守っている。明夫も浩子の慣れた舌戯に最大限に高まり、必死に暴発を堪えながらも、その快感に酔い痴れていた。

やがて浩子が頰をすぼめてチューッと吸いながら、スポンと口を引き離した。

「さあ、やってみて」

浩子が言うと、今度は友江も恐る恐る顔を寄せてきた。そして浩子の唾液に濡れたペニスにチロッと舌を這わせ、浅く亀頭を含んだ。

「ああ……」

明夫は妖しい快感に喘いだ。たて続けにしゃぶられると、その温もりや感触が違うことがよく分かった。

友江は含みながらも舌を動かしているが、その愛撫は実にぎこちなく、かえって恐々とした舐め方が新鮮だった。しかも緊張と興奮により、熱い息が下腹に吹きつけられているから、菜保子や浩子では得られなかった快感が明夫を包み込んだ。

それに何より、これが友江にとって生まれて初めてのフェラチオということが明夫を燃え上がらせた。

「もっと喉の奥まで入れて。強く吸いながら中で舐めるのよ」

浩子も顔を寄せて囁き、一緒になって幹の根元や陰嚢に舌を這わせてきた。

美女たちの混じり合った息が股間に熱く籠もり、明夫は友江の口の中で温かな唾液にまみれながら、ヒクヒクとペニスを上下させた。

すると、喉を突つかれて友江が苦しげに口を離した。愛らしい唇と亀頭が唾液の糸で結ばれ、キラリと光った。

「い、いきそう……」

明夫は降参するように言った。二人がかりだから、その高まりも倍の速さでやってきたようだ。

「いいわ。じゃ出しちゃって。友江、出るところを見ておきなさい」

浩子が二人に言いながら、なおも彼女の顔を引き寄せ、再び二人でペニスをしゃぶりはじめた。浩子が含んでチュパッと離すと、続けざまに友江がくわえて吸い付いた。しかも浩子は陰嚢にも舌を這わせ、幹の付け根を指でモミモミしている。

お許しが出たから、明夫ももう我慢することなく全身で快感を受け止めた。

二人は同性なのに、互いの口や舌が触れ合うことも気にせず、顔を突き合わせてペニスを貪った。

果ては顔を向かい合せ、唇の間にペニスを挟んで同時に上下に動いて摩擦してきた。

「ああッ……、出る……！」

濃厚な愛撫に、とうとう明夫は全身がバラバラになるほどの大きな快感に呑み込まれてしまった。同時にペニスがドクンドクンと脈打ち、大量のザーメンが勢いよく噴出した。

「あん……！」

友江が驚いて顔を引こうとしたが、浩子が抱き寄せて離させなかった。

飛び散るザーメンは二人の口を直撃し、さらに顔中もヌルヌルに彩ってしまった。

「大丈夫よ、飲んでも……」

浩子はおしゃぶりを続けながら言い、友江にも強要した。

明夫は申し訳ないような気持ちの中、最後まで最高の快感とともに出しきった。

友江の眼鏡まで濡れ、頰には涙のようにザーメンが伝い流れて、唇からも唾液まじりの粘液を滴らせていた。生臭さに眉をひそめ、かなり気分が悪そうだが、浩子の手前吐き出すこともできないのだろう。

「嫌な匂い？　でも慣れると味わいが出るものなのよ」

浩子は、ようやく満足げに萎えかけたペニスから口を離し、自分の口に飛び込んだ分を飲み込んでから、友江の頬や口に舌を這わせてザーメンを舐め取った。

　余韻に浸りながらそんな様子を見ていた明夫は、この二人は以前から女同士でレズまがいの行為をしていたのだろうと確信した。奥手の友江を可愛がりながら、浩子が弄ぶことは充分に有り得ることだと思うし、それがあるから、二人でこうして同時に明夫を相手にすることができるのだろう。

　そう思うと、確かに長身でショートカットの浩子と、長い黒髪を持つ可憐な友江は正反対のタイプとして惹かれ合う感じだった。

　明夫は満足げに力を抜き、まだ顔を舐め合っている美女たちを眺めていた。

3

「さあ、今度は明夫くんに舐めてもらいなさい。私とは全然違った感じだからお勉強になるわ。途中で、してほしいことや感じるところがあったら遠慮なく言うのよ」

　浩子が仕切るように言い、明夫をどかせて友江をベッドの中央に仰向けにさせた。

「あん、恥ずかしい……」

　友江が横たわり、むずかるように両手を縮めていた。

ティッシュで拭いたがレンズが曇ったので、彼女は眼鏡を外していた。ペニスの観察も終えたから、もう少々視界が霞んでいても構わないのだろう。

素顔になった友江が、あまりの美少女なので明夫は目を見張っていた。一級年上に美少女というのも変だが、まるでアイドルのような可憐さではないか。

故郷にいる瞳もとびきりの美少女だが、友江は消極的ながら徐々に都会で洗練されているような輝きが見受けられた。おそらく、明るく華やかなタイプの浩子と同居しているからだろう。

「じゃ、いいわ。明夫くん。好きにしても」

浩子は、仰向けの友江の反対側から言い、明夫は緊張と興奮に胸を高鳴らせながら添い寝していった。見られていることは気が引けるが、美しい浩子の視線はさして妨げにならず、かえって興奮に拍車をかける感じだった。

明夫は、微かに息を震わせている友江に唇を重ねていった。

「ン……」

友江が小さく声を洩らし、睫毛を伏せた。明夫は柔らかな感触を味わいながら、そっと舌を潜り込ませていった。特にザーメンの匂いは感じられず、瞳によく似た甘酸っぱい果実臭の息をしていた。

舌先が綺麗な歯並びに触れると、友江もすぐに前歯を開いてくれた。舌がからまり、トロリとした甘い唾液が明夫をうっとりとさせた。キスは、女同士でしているためか慣れた感じで、友江はためらいなく明夫の舌を舐めたり吸ったりしてくれた。

やがて唇を離して移動し、明夫は友江の乳房に顔を埋めた。華奢な肉体のわりに膨らみは豊かで形よく、若々しい張りに満ちていた。

初々しい薄桃色の乳首を含んで吸うと、

「ああン……！」

友江はビクッと肌を震わせ、すぐにもクネクネと身悶えて喘ぎはじめた。相当に感じやすいタイプなのかもしれない。しかし体臭は薄く、あまり汗もかかないのか胸元や腋の下からはほとんどフェロモンは漂ってこなかった。

乳首はツンと勃起し、舌の圧迫を弾き返すほど硬くなっていた。明夫は両の乳首を交互に吸ってから、腋の下に顔を埋め込んだ。

「あッ！　ダメ、くすぐったい……」

友江がか細い声で言い、逆にギユッと彼の顔を抱え込んできた。汗ばんだ腋の窪みに直接鼻を押し付けると、ようやくほんのりと甘ったるい匂いが感じられた。

明夫は滑らかな肌をたどって下降し、真ん中に戻って愛らしい縦長のオヘソを舐め、腰から太腿へと下りていった。

足首を摑んで足裏に顔を埋め、指の股に鼻を割り込ませると腋の下よりもやや濃い匂いと湿り気が鼻腔を刺激してきた。

浩子は、明夫の急激な愛撫の上達に気づいただろうか。彼女は明夫の行為と友江の反応を見ながら、たまに友江の肌に手のひらを這わせていた。

「アアッ……、汚いわ、そんなこと……」

爪先をしゃぶられて、友江がクネクネと身悶えながら声を震わせた。

明夫は両足ともしゃぶってから、いよいよ友江の股間に顔を割り込ませていった。

恥毛は薄く、綺麗なピンク色の陰唇もほんの少しはみ出しているだけだった。

「ほら、自分で広げて、奥まで見てもらいなさい」

浩子が言い、強引に彼女の手を股間に当てさせた。

「は、恥ずかしい……」

友江は言いながらも、浩子に促されて自分でワレメをグイッと開いた。

中は、可憐な形と色合いながら愛液が大洪水になり、今にもトロリと溢れそうになっていた。

膣口の襞もクリトリスも、全てが小ぶりで愛らしい感じだ。だからなおさら、大量の蜜が美味しそうに見えた。

明夫は顔を埋め込み、柔らかな感触の茂みに鼻を押し付けながら舌を伸ばしていった。

恥毛にはふっくらとまろやかな、甘い汗の匂いが染みついていた。それにほんのり甘酸っぱいフェロモンが混じり、やはり菜保子や浩子とは微妙に違っている感じがした。

舌を差し入れても、あまりに多いヌメリのため、どこが襞か膣口か分からないほど、ただ生温かなヌルヌルが満ちているだけだった。

それでも蜜をすくい取りながら舐め上げていくと、コリッとしたクリトリスの在り処だけは分かった。

「あん……！」

友江がビクッと電流でも走ったように腰を跳ね上げ、声を上ずらせた。

明夫が舌先をクリトリスに集中させ、チロチロと執拗に舐めはじめると、友江は間断なく身悶え、甘ったるい喘ぎ声を洩らし続けた。

「気持ちいいでしょう？　もっと舐めてもらいなさい……」

いつしか浩子は友江に添い寝し、囁きながら彼女の乳首にチュッと吸いつき、もう片方にも手のひらを這わせて優しく揉みしだいていた。

明夫は友江の蜜をすすり、さらに彼女の両脚を浮かせて可愛いお尻の谷間にも鼻と口を潜り込ませていった。

綺麗な薄桃色の肛門に鼻を当てても、やはり残念ながら匂いはなく、それでも可憐に揃った細かな襞の震えが何とも艶めかしかった。

そっと舐めて襞の舌触りを味わうと、

「ああッ……！」

友江は激しく喘ぎ、救いを求めるように浩子にしがみついて言った。

「ねえ、明夫くん。お願い、私も舐めて……」

やがて興奮が高まってきたように、浩子も粘つくような声でせがんできた。

明夫は友江の脚を下ろし、隣にいる浩子の股間にも顔を潜り込ませていった。

友江よりも、やや濃い茂みに鼻を埋め、微妙に違う汗の匂いを吸収しながら、明夫は舌を這わせていった。

浩子も、相当に大量の愛液を溢れさせ、興奮に熱っぽく陰唇を色づかせていた。

「あう！　そこ、吸って、強く……」

蜜を舐め取りながら、クリトリスを刺激すると、浩子もすぐに声を上ずらせて口走った。

明夫は上唇で包皮を押し上げながら、友江より大きめの突起に吸い付いた。そして手をのばし、友江のクリトリスにも指を這わせた。

「アアーッ……、いいわ。気持ちいいッ……！」

浩子が狂おしく悶えて喘ぎ、その高まりが伝染したように友江もクネクネと腰をよじった。美女二人のワレメが並んでいる様は、何とも贅沢な眺めだった。

「も、もういいわ。今日は友江のために来てもらったんだから……」

何とか浩子が高まりを押さえて言い、気を取り直したように身を引いた。

明夫は再び友江のワレメに戻り、新たに溢れた愛液をすすり、クリトリスを舐めた。

「も、もうダメ……」

やがて友江が口走り、ヒクヒクと全身を痙攣させはじめた。

「そろそろ入れてあげて。友江は舐めるとすぐにイッちゃうの。今なら充分に感じているから大丈夫よ」

浩子が、自分も上気した顔で囁き、妹分の処女喪失の瞬間を見ようと身を乗り出してきた。もちろん二人のワレメを舐めているうちに、明夫はすっかり待ちきれないほど回復していた。

身を起こし、まだ二人の美女の唾液にヌメっているペニスを構え、腰を押し進めていった。先端をあてがい、位置を定めるように何度か上下にこすった。

「あん……」

大股開きになりながら、友江が声を震わせる。すっかり受け入れ態勢で覚悟はできているようだが、やはり不安と緊張があるのだろう。

明夫はゆっくりと挿入していった。彼にとっても、生まれて初めての処女相手に緊張していた。

張り詰めた亀頭が、処女膜を押し広げるようにヌルッと潜り込んだ。やはり菜保子や浩子より狭くてきつい感覚だったが、それでも十八歳の大学一年生だ。愛液も多いし、肉体の方は充分に男を受け止める成熟度を持っているから、屹立したペニスはたちまち滑らかに呑み込まれていった。

「あう……！」

友江が眉をひそめ、息を呑んで肌を硬直させた。

しかし容赦なく、明夫は根元まで貫き、熱いほどの温もりときつい感触を味わいながら身を重ねた。

下では、友江が呼吸さえままならないように奥歯を噛み締めている。

「大丈夫よ。最初は痛いけど、誰でもすることなの。今に、これがすごく良くなるから」

浩子が再び添い寝して友江の耳元で囁いた。

明夫は処女を奪った感激に急激に高まり、少しずつ小刻みに腰を突き動かしはじめた。

二人への口内発射も最高の気分だったが、こうして女体と一つになるのはまた格別な快感だった。

「あぁッ……、い、いや……」

動くたび、友江が声を絞り出した。それでも大量の愛液が揺れてぶつかる陰嚢をヌメらせ、ピチャクチャと淫らな音まで聞こえてきた。

「我慢して。これがセックスなのよ。ずっと憧れていたでしょう？」

浩子は、友江の耳を舐めながら熱く囁き、グイグイと彼女に乳房を押し付けていた。

さらに浩子は、自分のワレメにも指を這わせていたのだ。

「ねえ、次は私よ。まだまだできるわよね？」

浩子は自ら高まりながら、下から明夫の顔を抱き寄せて唇を重ねてきた。

明夫は浩子と舌をからめ、さらに同時に友江にも唇を重ね、二人の混じり合った甘酸っぱい息の匂いと、温かな唾液を味わいながら昇りつめてしまった。

「い、いく……！」

明夫は口走り、快感にガクガクと全身を波打たせながら、ありったけのザーメンを友江の柔肉の奥に放った。どうせ処女相手なのだから長く保たせる必要もないし、それ以前に激しい快感に我慢できなかったのだ。

内部に満ちるザーメンに、動きがさらにヌラヌラと滑らかになった。友江はもう破《は》瓜《か》の痛みも麻痺したようにグッタリとなり、明夫は二人の舌を舐めながら最後の一滴まで、夢のような快感とともに搾り出すことができた。

4

「もう平気でしょう？　これで友江も一人前よ」

バスルームで、まだ放心しているような友江を慰めるように浩子が言った。

明夫は先に股間を洗ってバスタブに浸かり、洗い場でシャワーを浴びている二人を眺めていた。

友江は出血もしなかったが、いつまでも股間に異物感が残っているように、バスルームまでの足取りもおぼつかなかった。まあ痛みよりも、やっと初体験してしまったという精神的なものが大きいのだろう。

とにかくこれで、二人の生フェロモンは洗い流されてしまい、残念だった。夕食までには時間があるから、もちろんこれから浩子ともセックスすることになるだろうし、明夫のやる気は満々だった。

何しろ、女子大生二人を相手にするなどという機会は、次はいつできるか分からないのだ。あるいは今後一生めぐってこないかもしれないので、今日、できるかぎりしておきたかった。

やがて明夫がバスタブを出ると、入れ替わりに浩子と友江が身を寄せ合って湯に浸かった。僅かの間に、狭いバスルーム内にはすっかり女の匂いが甘ったるく充満していた。

「じゃ、明夫くんは先に上がってベッドで待ってて」

浩子に言われたが、

「あの、実はお願いが……」

明夫はモジモジと言った。前から抱いていた願望を口に出そうと思ったのだが、どうにも恥ずかしくて気が引けた。

「なあに？　言ってごらんなさい。何かしてほしいの？　何でもしてあげるわよ」

浩子が優しく言ってくれた。さっぱりした浩子なら、笑いながら簡単にしてくれるかもしれないと思い、明夫は意を決して言ってみた。

「女の人が、オシッコするところ見てみたい……」

明夫は言ってから、取り返しのつかない世界に入り込んでしまったように、頭がぼうっとなり頬が火照った。

「まあ……！　そんな趣味があるの？」

浩子は驚いたように言ったが、それほど拒絶反応を起こした様子もなかった。

「いいけど、出るかな……。恥ずかしいから、友江と一緒ならいいわ」

浩子は言い、ビクッと顔を上げた友江と一緒にバスタブを出てきた。

「どうすればいい？」

「できれば、立ったままの方が……」

明夫はタイルに腰を下ろし、激しい興奮に胸を震わせて答えた。

「こう？　身体にかかるわよ。それでもいいの？」

「うん、すぐに流すから……」

明夫は、立ったまま言う浩子を見上げながら屹立したペニスをヒクつかせた。

「じゃ友江はこっち側ね」

「あん……、こんなこと、できないわ……」

「大丈夫。セックスは誰とでもできるけど、こういうのも貴重な体験よ」

浩子は言いながらも、おそらく自分も初めての経験なのだろう。かなりの興奮に息を弾ませていた。

やがて座っている明夫の右の肩を跨ぐように浩子が立ち、左の肩には尻込みしながらオドオドと友江が立ってガクガクと膝を震わせた。

「私、すぐ出そう……。でも友江が先に出して。私が先にすんじゃうと、友江は出なくなっちゃうでしょう?」

こんな最中でも浩子は妹分を気遣い、そのくせ有無を言わさず出させようとしていた。

明夫の左右に、二人のワレメが迫っている。湯に濡れた恥毛と、上気した太腿が息づいていた。

「ね、できれば、よく見えるように指で開いて……」

「注文が多いわね。いいわ。こう? さあ友江も」

浩子は、すぐに自ら指を当ててグイッと陰唇を広げてくれた。ヌメヌメする柔肉が丸見えになり、膣口の少し上の尿道口まで見えた。浩子に促され、友江もノロノロと指でワレメを開き、可愛い花芯を覗かせた。

何という良い眺めだろう。明夫は思わず顔を寄せ、二人の柔肉を交互に舐め回してしまった。内部はお湯ばかりではない、滑らかなヌラヌラが満ちていた。

「あん……、ダメよ、舐めたら出なくなっちゃう……」

浩子が言い、明夫は顔を離した。

「さあ友江、早く出して……」

浩子は、すでに尿意を高めながら急《せ》かすと、友江もモジモジと身悶えながら言った。

「いいの？　本当に、こんなところで……」

どうやら抵抗感よりも、徐々に高まる尿意の方が先に立ってきたようだ。あるいは浩子の性格を知り尽くしているから、自分がしなければ全てが終わらないと悟っているのかもしれない。

「いいのよ。だから早く……」

再三言われ、とうとう友江の下腹がピクンと震えた。立ったまま人の前で、しかもひっかけるほど近くで放尿するなど、彼女にとっては一生に一度もしなくてすむことだったろう。それを今、実行したのである。

「あん……、出ちゃう……」

友江がか細い声で言い、同時にチョロッとワレメから水流がほとばしってきた。出してから、彼女は慌てて止めようとしたようだが、努力の甲斐もなく勢いはチョロチョロと激しくなっていった。

温かな流れが明夫の左の肩に降りかかり、心地好く肌を伝ってきた。

「ああ……、私も……」

それを確認してから、浩子もすぐに放尿を開始した。こちらは最初から勢いが激しく、右肩に当たった飛沫が明夫の頬まで濡らしてきた。

明夫は、その禁断の心地好さにうっとりとなった。混じり合った匂いが悩ましく揺らめき、胸から腹に伝い流れた二人分のオシッコは、激しく勃起しているペニスを温かく浸してきた。

これほどの快感ならば、叔父ならずともあらゆる大人がしていることなのだろうと明夫は思った。

とうとう我慢できず、明夫はそれぞれの流れに舌を伸ばして受け止めてしまった。肌にかかると熱い感じだが、口に入るとぬるい感覚だ。飲み込んでもさして抵抗がなく、味はほとんど無いに等しく、香りだけが鼻へと抜けてきた。

「やん、ダメ……」

彼の行為を見た友江が言って腰を引こうとしたが、後ろは壁で、ただ流れが僅かに揺らいだだけだった。浩子の方はかなり興奮しているらしく、飲まれても何も言わず息を詰めて、ゆるゆると放尿を続けていた。

明夫は、美女たちのオシッコが喉を通過するたびに甘美な悦びが全身に満ち、このまま射精してしまいそうな高まりを覚えた。

やがて二人の勢いが弱まり、あとは点々と滴るだけになった。

明夫は、ビショビショになった友江のワレメを舐めまわし、余りのシズクをすすった。

浩子のワレメ内部も隅々まで舌を這わせ、果ては二人交互に貪った。

たちまち二人の柔肉からオシッコの味が消え去り、ヌルヌルする大量の愛液の舌触りに満たされてきた。

「ああン……、もうダメ……」

舐めまわされ、クリトリスまで刺激された友江が声を震わせ、とうとうクタクタと座り込んできてしまった。明夫はそれを抱きかかえながら、浩子のワレメを味わった。

「あん、もういいわ……。続きはベッドで……」

浩子も腰を離し、力尽きたようにバスタブのふちに腰を下ろした。三人がしゃがみ込むには洗い場が狭いのである。

「こんな気持ち、初めて……。飲んだりして気持ち悪くなかった……？」

浩子が、息を弾ませながら言い、シャワーの湯を出してオシッコに濡れた明夫の肌を洗い流してくれた。

「うん……、何だか自然に、そうしたくなって……」

明夫も興奮醒めやらぬまま、当たりさわりなく答えたが、実際には叔父叔母のビデオを観た時からずっと抱いていた願望なのだった。

やがて三人は身体を流し、もう一度順々にバスタブの湯に浸かって温まってからバスルームを出た。身体を拭くと、もちろん休憩もなく、それぞれの興奮を抱えたまますぐに友江の部屋のベッドへと戻っていった。

5

「ねえ、友江も一緒にこうして……」

浩子が言い、友江を抱き寄せながら、仰向けの明夫に屈み込んできた。そして左右から同時に、ピッタリと唇を重ねてきたのだ。

明夫は、美女たちのキスを同時に受けながら、二人の舌を交互に舐めた。

混じり合った甘酸っぱい息が鼻腔を満たし、微妙に違う唇や舌の感触が心地好く彼の身体の芯に伝わってきた。

二人は下向きのため、長いディープキスを続けているとミックスされた唾液がトロトロと注がれてきて、明夫の口の中を艶めかしく濡らし、うっとりと喉を潤した。

「ね、もっと飲みたい。いっぱい出して……」

明夫は唇を重ねたまま囁いた。オシッコまで求めてしまったのだから、もうためらいなく願望を口に出せるようになっていた。

「いろんなもの飲むのが好きなのね。いいわ。さあ友江も」

すぐに浩子が応じてくれ、友江を促しながらグジューッと大量の唾液を垂らしてきてくれた。友江も精一杯努力して分泌させてきた。

自然に滴る量とは格段に違い、明夫は激しい興奮と悦びに悶えた。

小泡の多いシロップは二人分が大量に混ざり合い、適度な粘り気を持って彼の口の中をヌラヌラと這いまわり、生温かく滑らかに喉を通過していった。

「顔じゅうに……」

たっぷりと飲み干してから明夫が言うと、浩子は友江の顔も引き寄せながら、彼の顔中に舌を這わせてくれた。しかも舐めるだけでなく、わざと唾液も出しているから、たちまち顔はヌルヌルになって甘酸っぱい匂いに満たされた。

友江も次第にためらいなく、浩子と一緒になって大胆に行動するようになっていた。浩子の興奮が伝染したというより、もともと好奇心旺盛で、セックスにも激しい興味を抱きながら今日までできたのだろう。

明夫は二人の舌の感触と唾液のヌメリを味わいながら、それぞれの舌を舐め、ミックスではなく単独の唾液を飲ませてもらった。

浩子は充分に明夫の顔全体を舐め回してから伸び上がって、乳房を彼の顔に押し付けてきた。明夫が乳首に吸い付くと、友江も同じようにし、彼は二人の美女の乳首を同時に含んで舌で転がした。

「ああン……」

すぐにも浩子が声を洩らし、友江の方も感じるたびにビクッと肌を震わせて喘いだ。

下から左右の胸にしがみつくと、目の前いっぱいに二人の肌色が広がり、それぞれの柔らかな膨らみが両頬に密着してきた。湯上がりの香りに混じり、すぐにも二人の本来のフェロモンが淡く混じりはじめている。

やがて浩子は我慢できなくなったように、彼の身体を這い下りて、ペニスにしゃぶりついてきた。

「こうして……」

明夫は快感に身悶えながら、どうしてよいか分からないでいる友江を移動させ、女上位のシックスナインの体勢で彼女に顔を跨がせた。

下から友江の腰を抱え込み、ワレメに顔を押し当てると、

「ああッ……！」

すぐにも友江は声を上げ、明夫の目の前でクネクネとお尻をよじって悶えはじめた。

クリトリスを舐めると、友江のワレメからはすぐにも大量の蜜が溢れ出し、彼女は何度かギュッと座り込みそうになりながら喘いだ。明夫のすぐ鼻先では可憐なピンクの肛門がキュッキュッと収縮し、彼はそこにも舌を伸ばして舐めまわし、ヌルッと浅く押し込んで蠢かせた。

するとペニスをしゃぶっていた浩子がスポンと口を引き離し、肉棒を友江に譲った。

そして自分は明夫の両脚を持ち上げ、陰嚢と肛門に舌を這わせてきた。

「く……！」

明夫は、あまりの快感に、友江の股間に座り込まれながら思わず呻いた。

何しろ、快感の中心であるペニスは、シックスナインの友江に深々と呑み込まれ、

浩子が陰嚢にしゃぶりついてから、肛門をチロチロ舐めているのだ。二人の熱い鼻息が混じり合って、唾液に濡れた陰嚢をくすぐっていた。

しかも浩子の舌が肛門にヌルッと潜り込むと、何やら真下から熱い風が侵入してくるようで、ゾクゾクするような快感があった。キュッと肛門を引き締めると、柔らかく濡れた美女の舌が感じられた。

友江も、クリトリスを舐められるたびにチュッと強く亀頭に吸いつき、内部では懸命に舌が這いまわっていた。

「アア……、もう我慢できないわ。友江、どいて……」

浩子が明夫の両脚を下ろし、顔を上げて言った。すると友江もペニスから口を離し、明夫の顔の上から身体を引き離した。

仰向けの明夫の股間に浩子が跨り、女上位でゆっくりと挿入しながら座り込んできた。

たちまち、友江の唾液に濡れたペニスは、ヌルヌルッと浩子の柔肉の奥に深々と没していった。

「ああーッ……、気持ちいい……！」

浩子が顔を上向けて喘ぎ、熱く濡れた肉襞でキュッと締めつけてきた。

彼女の内部は大量の愛液に満ち、動かなくても息づく膣内の収縮に刺激され、明夫は急激に高まっていった。

浩子は身を重ねながら友江も添い寝させ、彼女のワレメに指を這わせはじめた。

「気持ちいい？　友江も一緒にいっちゃって……」

浩子が囁きながら、徐々に腰を突き動かしていく。友江のクリトリスをいじっていかせるパターンも、以前からある二人の世界なのだろう。

「あん、すぐいきそう……」

友江が身悶えながら、激しく浩子と明夫にしがみついてきた。

明夫は浩子にのしかかられ、脇から友江に抱きつかれながら、彼もまた下から股間を突き上げはじめた。

「アアッ！　もっと突いて……」

浩子は息を弾ませながら、彼の動きに応じて股間をぶつけてきた。そして上から明夫に舌をからめ、友江のクリトリスをいじりながら狂おしく身悶えた。

友江もまた、ジワジワと高まりながら必死に明夫に身体をくっつけ、彼の頰に唇を押し当てて甘酸っぱい息を弾ませていた。

「い、いっちゃう……！」

先に浩子が声を上ずらせ、ガクンガクンと全身を激しく波打たせた。膣内がキュッキュッと艶めかしい収縮を繰り返し、すると明夫も大きな絶頂快感の渦に巻き込まれていってしまった。

「あん、いく……！」

間髪を入れず友江も声を震わせ、全身を硬直させながら身悶えた。

どうやら三人とも、ほぼ同時にオルガスムスに達したようだった。

三度目とも思えぬ大量のザーメンが、勢いよく浩子の内部にほとばしった。やはりバスルームでの、生まれて初めてのオシッコプレイの高まりが大きかったのだろう。

「ああ……！」

明夫は喘ぎながら腰を突き上げ、何とも心地好い柔肉の摩擦の中で最後の一滴までザーメンを脈打たせた。

浩子も徐々に動きをゆるめながら全身の硬直を解き、隣の友江もいつしかグッタリと力を抜いていた。ようやく明夫も満足げに動きを止め、間近で熱くかぐわしい呼吸を繰り返している二人の唇を交互に味わいながら、うっとりと快感の余韻に浸り込んだ。

「すごかったわ……、こんなに気持ち良かったの初めて……」

浩子が溜め息まじりに呟いた。

やはり三人だと、それぞれの高まりと快感が伝染し合い、通常よりも大きな絶頂が得られるのかもしれなかった。

「友江も、よかったでしょう……？」

「ええ……、しばらく、動けないわ……」

友江は上気した顔で力なく答え、まだ快感がくすぶっているように、たまにビクッと肌を震わせていた。

「明夫くんが東京へ出てきたら、また三人でしましょうね」

浩子は二人に言い、ノロノロと身を起こして股間を引き離した。

そしてもう一度バスルームに行き、三人交互に湯に浸かってから出た。

もう外はすっかり暗くなっている。服を着て、美女二人が甲斐甲斐しく夕食の支度をしてくれた。

明夫はソファでノンビリしながら、上京してからの女性運と、最高の巡り合わせに思いを馳せた。こうなったら、何としても二人のいる大学に合格しなければならない。それは何より勉強をやる気にさせる情熱となった。

やがて夕食となり、二人はどんどんテーブルに料理を運んできた。二人は毎日、協力し合って自炊しているようだ。

料理は昨夜から煮込んであったシチューとサラダ、スープにデザートまである豪華なものだった。明夫と同じく友江もアルコールはまだ飲まず、浩子だけが缶ビール一本を空けただけだった。

友江もすっかり打ち解けてしゃべるようになっていたが、あらためて二人の着衣の姿を見ると、明夫はこんな美しい女子大生の肉体の隅々まで堪能したのが夢のように思え、また股間がムズムズと妖しくなってきてしまった。

だが、もちろんもう帰らなければならない。時間が経つと、かえって性欲が回復して辛くなるので、明夫は夕食が終わると間もなく出ることにした。

「じゃ、また上京して落ち着いたら私の携帯に電話して」

駅まで見送りに来てくれた浩子が言った。

「はい、必ずまた。じゃ、お世話になりました」

明夫は言い、また二人に会いにくることを心から自分に誓ったのだった。

第五章　恥ずかしい撮影

1

「明夫さん、勉強の途中でしょうけど、そろそろお夕食よ」

いきなりドアがノックされ、書斎に菜保子が入ってきてしまった。

「あ……！」

明夫は驚き、夫婦の秘密のテープと勃起したペニスと、どちらを隠そうか慌てたのだが結局入ってきた菜保子に両方見られてしまった。

明日には叔父も帰ってきてしまう。だからテープも見納めだと思い、オナニーしようと思ったのだ。しかも菜保子は、いくら明夫が求めても頑として承知してくれず、彼も元々押しは弱いし、菜保子に嫌われることを恐れ、どうせ最後の夜になるであろう今夜も何もさせてくれないだろうと諦めていたのである。

「まあ……！　どういうこと！」

明夫の剝き出しになったペニスと、テレビ画面を見た菜保子は目を丸くし、声を震わせて言った。

「す、すみません……！」

明夫はようやくペニスをしまい込み、テレビのスイッチを切ろうとした。つい画面に夢中になって、菜保子の足音にも気づかなかったのである。

それにしても、これは大ごとだった。五本のテープのうち、後半二本は菜保子も撮られていることを承知しているが、前半三本は完全な盗撮である。それが菜保子に知れたら、自分が叱られるだけではなく夫婦の信頼関係にヒビが入ってしまうだろう。

いま映っているのは、菜保子が女王様然としている最後の一本である。

「見つけたのね……、困ったわ……」

しかし菜保子は怒るでもなく、肩の力を抜いて嘆息しながら言った。そして明夫が止めたテープを取り出し、ケースに戻して奥の本棚に戻しに行った。

「五本、全部見てしまったの？」

菜保子が戻って言う。どうやら、彼女も五本あることは承知していたようだ。最初は盗み撮りでも、結婚生活を送るうちには叔父もテープの存在を打ち明け、あるいは一緒に見ながら燃えたこともあったのかもしれない。

明夫は、少しだけ安心した。これで離婚などという最悪の事態は避けられたようだ。あとは菜保子と明夫の問題だけである。

「ええ……、何のテープかと思って、つい……」

「そう……、見てしまったものは仕方がないわ。でも忘れて……」

「はい。でもどうか、おばさん……、僕もう我慢できなくて……」

明夫は言い、強引にしまったものの、まだズボンの中で痛いほど突っ張っているペニスを持て余し、そのまま欲望に任せて菜保子の胸に縋り付いてしまった。

「待って……、ダメよ、明夫さん……」

菜保子は困ったように言ったが、彼を突き放すようなことはしなかった。

「だって、もう今夜しかないし……」

明夫は、セーター越しに感じる巨乳の柔らかさと温もりを感じながら駄々っ子のように言った。

「わかったわ。そんなに言うなら、今夜だけよ……」

「本当……？」

明夫は、菜保子の言葉に思わず顔を上げた。

「ええ、でも先にお夕食をすませて、ゆっくりしてからにしましょうね」

菜保子が言い、頷いた明夫は素直に彼女の胸から離れた。

書斎の灯りを消し、二人で階下に降りた。もうテーブルには夕食の支度が整っている。なるほど、これでは先にセックスに夢中になったら冷めてしまうだろう。明夫も、そういえば空腹だった。どうせ時間はたっぷりある。

明夫は勃起が収まらないまま食卓につき、緊張と興奮の中でも旺盛な食欲を見せた。

菜保子も緊張しているのか言葉少なで、やがて二人は夕食を終えた。

「じゃ、洗い物しているから、その間にお風呂に入っていらっしゃい」

「はい。あの、お願いがあるんです。おばさんは、お風呂は後にして」

明夫は思いきって願望を口にした。やはり生のフェロモンを心ゆくまで感じたいのだ。

「なぜ?」

「どうしても、おばさんの匂いが忘れられないから……」

明夫は恥ずかしいのを我慢して言った。

「まあ……、でも、今日は汗をいっぱいかいたから……」

「お願いです」

明夫は食い下がった。菜保子が心から拒んでいないような気がしたのだ。叔父とのビデオも、みな服を脱いですぐに始めているのである。

「わかったわ。どうしてもと言うのなら……」

「ありがとう、おばさん」

「じゃ、明夫さんがお風呂から上がる頃、寝室で待っていればいいのね？」

菜保子は言い、キッチンに洗い物に立った。

明夫はバスルームに行き、期待と興奮に胸を弾ませながら念入りに身体を洗い、湯に浸かりながら歯を磨いた。

バスルームを出て、身体を拭いた明夫はバスタオルだけ腰に巻いて寝室へと行った。もうキッチンの灯りも消され、まだ早い時間だが、菜保子はすっかり戸締まりもすませたようだった。

寝室に入ると、薄明かりの中、菜保子がベッドに入って待っていてくれた。

明夫はタオルを外し、全裸になって布団に潜り込んだ。すっかり菜保子の匂いの染みついたシングルベッドの方だ。すぐに明夫は甘えるように、彼女の腕をくぐり抜けて腕枕してもらいながら巨乳に顔を埋め込んでいった。

菜保子も、今回は最初からギュッと力いっぱい抱き締めてくれ、熱い肌の疼きを伝えてきた。

明夫は乳首に吸い付き、豊かで柔らかな肌に包まれながら、甘い匂いにうっとりとなった。舌で弾くように舐めると、たちまち乳首はコリコリと硬く突き立ち、さらに菜保子はグイグイと膨らみを押し付けてくるので、明夫は顔中が柔肉に埋まって窒息しそうになってしまった。

それでも激しく吸いつき、たまに歯を立てて愛撫すると、

「ああッ……!」

菜保子が熱く喘ぎクネクネと身悶えるので、その隙に呼吸しながら、明夫はもう片方の乳首にも吸い付き、甘ったるい芳香の籠もる腋の下にも顔を埋めていった。

淡い腋毛が心地好く鼻をくすぐり、濃厚に熟れたフェロモンが馥郁《ふくいく》と鼻腔を満たしてくる。明夫は菜保子の匂いを貪りながら、自分も激しく勃起してペニスをグイグイと彼女の肌に押し付けた。

そして伸び上がり、白い首筋を舐め上げると、すぐに彼女も俯《うつむ》いて唇を重ねてきてくれた。柔らかな唇がピッタリと彼の口を覆い、熱く甘い吐息に酔い痴れながら明夫は舌を求めた。

「ンン……」

菜保子が小さく声を洩らし、かぐわしく湿り気ある息を弾ませながら前歯を開き、チュッと彼の舌に吸い付いてきた。

ネットリと甘い唾液に濡れた舌がからまり、明夫は美女の口の中を舐め回してジワジワと高まった。このまま、菜保子の甘い匂いのする口に身体ごと呑み込まれていきたい衝動にかられた。

菜保子が苦しげに口を離すと、明夫は彼女の下半身へと移動していった。もちろん股間に顔を埋めるのは最後にし、先に足を味わいたかった。前回は彼女が熱で朦朧としていたが、今夜は承知の上で舐めさせてもらうのである。だから明夫にとっても今回が菜保子に触れる初めての体験のような気がした。

むっちりとした肉づきの良い太腿を舐め下り、足首に達した。屈み込んで足の裏に顔を埋めると、

「あん……、ダメよ……」

叔父にはさんざん舐められて慣れているはずなのに、菜保子はやはり気が引けるようにか細い声で言った。明夫は構わず続行し、足裏を舐めてから指の股に鼻を押しつけ、ジットリ湿った汗と脂の匂いを吸収した。

明夫は菜保子の匂いにうっとりと酔い痴れながら、爪先にしゃぶりつき、全ての指の股にヌルッと舌を割り込ませた。

「アアッ……、汚いから、やめて……」

菜保子はクネクネと腰をよじらせ、明夫の口の中でキュッと爪先を縮こめた。

明夫は念入りにしゃぶり、指を吸い、爪を嚙み、両足とも存分に堪能した。

ようやく味わい尽くしてから、ムダ毛もないスベスベの脛を舐め上げ、両膝の間に顔を割り込ませていった。

滑らかな内腿は、うっすらと薄紫の毛細血管が透けて見えるほど白く艶めかしく、許されるなら力のかぎり歯を立てたい衝動にさえ駆られた。

すると、まるで彼の心を読んだかのように菜保子が言った。

「ね、明夫さん、そこ嚙んで……」

「ここ？　いいの……？」

明夫は、彼女の内腿に触れながら言った。

「ええ、歯型がついても、血が出てもかまわないから、思いきり……」

「だって、明日は叔父さんが帰ってくるのに」

「大丈夫。もう何もしていないから……」

菜保子にせがまれ、明夫は大きく口を開き、前歯ではなく口いっぱいに柔肉をくわえ込むようにして嚙んだ。その方が痛くないだろうし、より多く熟れ肌の感触や弾力を味わいたかったのである。

「アア……、いいわ、気持ちいい……、もっと強く……」

菜保子がヒクヒクと下腹を波打たせながら喘いだ。明夫は嚙み締めるというより、小刻みに咀嚼《そしゃく》するようにモグモグと口を動かし、しかも少しずつ内腿の付け根へと移動したり反対側にも歯を立てたりした。

2

「あう！　もっと嚙んで。力いっぱいお願い……」

菜保子は声を上ずらせながらせがみ続け、明夫も頰が痛くなるまで愛咬を繰り返した。

もちろん血が出るほどに嚙むことはできなかったが、うっすらと歯形が印された。

テープで見るかぎり、菜保子は叔父の好みにより女王様のように仕立て上げられていたが、実際にはマゾっぽい部分を持っていたのだろうか。あるいは状況に応じ、両方を楽しめるタイプなのかもしれない。

明夫は柔肌を嚙む欲望を満たし、ようやく彼女の中心に顔を進めていった。

見なくても、すでにムレムレになった熱気と湿り気を鼻先に感じ、明夫は彼女の愛液が大洪水になっていることを察した。

指を当てて、はみ出した陰唇を左右に開くと、思った通り大量の蜜が溢れ出てきた。

膣口周辺の襞はヌメヌメと白っぽい粘液にまみれ、ツンと勃起したクリトリスも妖しい光沢を放っていた。

明夫は恥毛に鼻を埋めて深呼吸した。

生温かく、ふっくらとした優しい匂いが明夫の鼻腔のみならず全身を包み込むようだった。甘ったるい汗のフェロモンに、うっすらと混じったオシッコの匂い。さらに菜保子本来の体臭がミックスされて彼の身体じゅうに染み渡るようだった。

「いい匂い……」

「あん！　黙って……」

明夫の呟きに、菜保子は激しくビクッと反応した。

舐めはじめると、たちまちネットリとした愛液が彼の口と舌をヌルヌルにさせた。

襞の舌触りと柔肉の蠢きを味わい、淡い酸味の感じられる愛液をたっぷりとすすってからクリトリスを舐め上げていった。

「ああーッ……、いいわ、そこ……！」

菜保子は我を忘れたように声を上げ、張りのある内腿で彼の顔を挟みつけてきた。

「そこ、噛んで……」

菜保子に言われ、大丈夫かと思いながらも、明夫は上の歯で包皮を押し上げた。そして下の歯で突起の芯を挟みつけた。噛むというより押えつける感じで、さらに舌先で完全に露出したクリトリスをチロチロと舐めた。

「アアッ！　もっと強く……」

菜保子が狂おしく身悶えながら声を洩らし、明夫も小刻みに噛みながら舌を動かし続けた。たまに、溢れてくる愛液を舐め取り、膣口にもヌルリと浅く潜り込ませて掻き回すように舐めた。

舌が疲れると、明夫は彼女の両脚を抱え上げてお尻の方にまで潜り込んでいった。

顔に押し当たる双丘の感触を味わいながら、可憐なツボミに鼻を埋めて嗅いだ。やはり汗の匂いしか感じられなかったが、舌を這わせて細かな襞を舐め、内部にも潜り込ませてヌルッとした粘膜を味わった。

「き、気持ちいいッ……！」

菜保子は、もうためらいも羞恥も超えたように喘ぎ、彼の舌を丸く締め付けるようにキュッキュッと肛門を収縮させた。

「お願い、明夫さん。指を入れて。前にも後ろにも……！」

「え……？　いいの……？」

菜保子に言われ、明夫は興奮に胸を弾ませながら口を離した。そして左手の人差し指を口に含んで濡らし、舐めたばかりで唾液にまみれている肛門に押し込んでいった。

「あう……、いいわ、もっと奥まで……」

ズブズブと指に貫かれながら菜保子が言い、やがて人差し指は完全に根元まで潜り込んでしまった。

肛門内部は滑らかな感触で、特にベタつくような感じはなかった。入口周辺はさすがにきつく、指が痺れるほど締めつけてきたが、奥の方は案外広いようだった。

さらに明夫は、右手の人差し指と中指の二本を膣口に押し当て、大量の愛液のヌメリに任せてゆっくりと押し込んでいった。

こちらも狭いが、温もりも感触も直腸とは微妙に違い、明夫は手のひらを上に向けて微かなザラつきの感じられる天井をこすった。そして再びクリトリスに舌を這わせると、

「ああン……、い、いきそう……、うんといじめて……」

菜保子はこの三点攻めに全身をヒクヒク震わせながら喘ぎ、前後の穴で彼の指を締め付け続けた。

明夫も最初はぎこちなかったが、次第にクリトリスを舐めながら、膣の右手と肛門の左手でそれぞれ違う動きができるようになってきた。膣内は、二本の指の腹で天井の膨らみをグイグイと圧迫し、肛門に入れた指は小刻みに出し入れして、しかも舌で舐め上げ続けるのである。

「アアーッ……！　い、いくう……！」

たちまち菜保子は喉から声を絞り出すようにして喘ぎ、狂おしくガクンガクンと全身を痙攣させはじめた。

前後の穴も彼の指が痺れるほどきつく締めつけ、しかも股間を跳ね上げるのでとても舐め続けていられなかった。さらに膣口からは大量の愛液が潮吹きのように噴出し、菜保子は反り返ったまま全身を硬直させた。

あとは声もなくヒクヒクと肌を震わせ、やがて徐々に力が抜けていった。

「ああ……、もういいわ、お願い、離れて……」

菜保子が満足げに荒い呼吸とともに言い、明夫はゆっくりと前後の穴からヌルッと指を引き抜いた。

「あう」

その刺激に菜保子は声を洩らし、それ以上の刺激を避けるように脚を閉じていった。

明夫は再び添い寝し、腕枕してもらいながらヌルヌルになった指をそっと舐めた。膣に入っていた二本の指は、間にもネットリと糸を引くほど大量の愛液にまみれ、内部で動かし続けたから攪拌されて白っぽく小泡が混じっていた。肛門に入っていた指は、別に汚れの付着も爪の曇りもなかったが、うっすらと指先に匂いがつき、それが激しく明夫を高まらせた。

「すごく気持ちよかったわ……」

まだ息を弾ませながら菜保子が囁いた。高まりが去ってからも、今回は後悔の念も湧かないようで明夫も嬉しかった。

「こうして……、胸を跨いで。舐めたいの……」

菜保子が、言いながら彼の身体を上に押し上げた。

明夫は言われるまま身を起こし、彼女の巨乳に跨った。すると下で、菜保子は彼のペニスを胸の谷間に挟みつけ、両側から揉みながら俯き、先端に舌を伸ばしてきた。

「あ……」

明夫は、思わず快感に喘いだ。幹は左右から巨乳に挟みつけられて揉まれ、亀頭にはソフトタッチの感触で舌先がチロチロと触れてくる。熱い息が股間をくすぐり、たちまち尿道口から滲む粘液が舐め取られ、さらに亀頭全体が舐められて唾液に濡れた。

おしゃぶりするうち菜保子も次第に夢中になったように亀頭に吸いつき、巨乳を離して彼の股間に潜り込んできた。陰嚢が舐められ、肛門にまでヌラヌラと舌が這いまわってくる。明夫はキュッキュッと肛門を収縮させながら、美しい叔母の神聖な舌の感触を噛み締めた。

真下から舐められるというのも、実に妖しくゾクゾクする快感だった。

菜保子は浅く舌先を肛門に差し入れてクチュクチュと蠢かせ、再び陰嚢に吸い付いてから、肉棒の裏側を舐め上げて先端に戻ってきた。

今度は深々と喉の奥まで呑み込み、上気した頰をすぼめて強く吸引してきた。

「ああ……、すぐいきそう……」

明夫は、たちまち降参するように情けない声を出した。彼女の顔の両脇に突いている膝がガクガク震えて、今にも巨乳にギュッと座り込みそうになってしまう。それを避けるため明夫は両手を前に突いて、四つん這いの体勢になった。

菜保子は彼の腰を抱き寄せ、自らも顔を上下させてスポスポと唇で摩擦しながら、激しく舐め回していた。

「も、もう……、アアッ！」

警告を発する余裕もなく、明夫はたちまち激しい快感に包み込まれてしまった。

絶頂を迎えた時は、もう菜保子への気遣いも吹き飛んで、まるで口とセックスするかのように彼自身もズンズンと股間を突き動かした。

大量の熱いザーメンが、ドクンドクンと菜保子の喉の奥に向けて飛び散った。

「ンンッ……！」

菜保子は小さく呻き、それでも咳き込まないよう巧みに喉へと流し込んでいった。

（ああ……、飲まれている。おばさんに……）

明夫は快感と感激に身悶えながら、最後の一滴まで搾り尽くした。身体の芯が震えるような興奮は、いつまでも去らなかった。

彼女も全て飲み干すと、ようやく激しい吸引をやめ、スポンと口を離してくれた。

明夫はまた添い寝して巨乳に顔を埋め、菜保子の甘い吐息を感じながらうっとりと快感の余韻に浸り込んだ。

菜保子も力尽きたように身を投げ出し、呼吸とともに巨乳を起伏させていた。彼女の体内で、自分の出した精子が消化され、吸収されている。それを思うだけで、何やら自分自身が彼女の腹に取り込まれたように感じられて心地よかった。

(あれ？　何だろう……)

ふと、明夫は鏡台の上にある紙袋に気がついた。デパートの紙袋だから珍しくもないのだが、中で何か小さな赤いものが光って、表面に透けているのである。

「さあ、明夫さん、先にお風呂に行っていて……。おばさんもすぐに行くから……」

「はい……」

言われて、明夫はベッドを下りると鏡台に近づき、その紙袋を覗いてみた。

3

「あッ！　それは見ないで……！」

菜保子は慌てて身を起こして言ったが、明夫は中を見てしまっていた。

何と中には、見覚えのあるデジタルビデオカメラが入っており、今も録画が続いていたのだった。紙袋に透けて見えていた赤いものは、録画中をあらわすランプだった。

明夫は驚きながらも、中からカメラを取り出してみた。

レンズには円錐形をした先細りのピンホールレンズが接続され、上袋に開いた一、二ミリの小穴から盗撮できるようになっていた。もちろん本体の方が最大限のズームにセットされているから、再生のときには大きく映し出されるだろう。

それらは、明夫も雑誌の通販記事などで見て知っていた。

紙袋にはデパートのロゴが入っているから、小さな穴が開いていてもまず気づかれないが、菜保子はランプまでは気が回らなかったのだろう。

菜保子は恐らく、明夫がバスルームにいる間にセットをし、今も先に彼が出ていってからスイッチを切るつもりだったようだ。

「ああ……」

見つかってしまったことで、菜保子は脱力したように嘆息した。

明夫は液晶パネルを開き、そんな菜保子の様子を撮った。まだまだ録画時間の余裕はある。

「おばさん、これは何のために……？」

彼女を撮り続けながら、明夫はベッドに戻って訊ねた。

「ごめんなさい……。謝って許されることではないけれど……」

菜保子は、どうにでもして、というふうに再び横たわってしまった。

「どうしても、私と明夫さんの行為を記録しておきたかったの。もちろん、あとで見ながら、自分で慰めるためよ……」

菜保子が、頭の中を整理するように、何度か大きく深呼吸しながら言った。

「明夫さんも知っての通り、うちの人がビデオマニアだったの。新婚時代はよく撮っていたし、婚約中の頃も主人は隠し撮りしていたわ。明夫さんが見てしまった、書斎にある五本のテープがそれよ」

「………」

「隠し撮りのテープは私が発見して問い詰めたけれど、何だか、知らずに撮られていた自分の姿を見たらとっても興奮してしまって、いつか自分も撮ってみたいと思うようになっていたの。でも、結婚して何年も経つと、すっかり夜の行為はなくなっていたし、主人も気が済んでしまったみたい」

どうやら菜保子も、あの五本のテープを見ながら何度となくオナニーしていたようだった。そして先日、風邪で熱を出していたとき明夫と関係を持ってしまい、また再び関係を持つ日がくるのなら盗撮したいと願っていたのだろう。

もちろん罪悪感やためらいが大きく、それもあって彼女は明夫の求めをつっぱね、衝動を抑えていたようだった。

してみると、やはり最初に関係を持った夜は、菜保子は本当に熱で朦朧としており、別に風邪にかこつけて明夫を誘ったわけではないことが判明した。

しかし、どちらにしろ菜保子は熱い欲望を、その熟れ肌の奥に疼かせていたのは事実なのだった。

「そうなんですか。じゃ、これは叔父さんに頼まれて撮ったわけじゃないんですね？」

明夫は、心の片隅にくすぶっていた不安を口にした。彼の中では、叔父こそが盗撮マニアであり、自分の留守中に甥と関係があるようなら撮れと命じたのではないかと、ふと思ったのである。

「それは、誓って絶対にないわ。これは私だけの一存でしたことなの。今の主人は仕事一筋で、もう、こうしたことには一切興味を失っているのだから」

レンズを向けられた液晶画面の中で、菜保子がきっぱりと答えた。

どうやら本当らしい。だからこそ、学生である浩子も叔父を堅物だと評価していたのだろう。

「それならいいです。叔父さんに見られるのは恥ずかしいから嫌だけど、おばさんだけが見るのなら、このまま撮り続けても」

「本当……？」

「ええ、でも同じテープをダビングして、僕も持っていたい」

明夫は、自分もこのテープが欲しかった。だが菜保子は首を横に振った。

「それだけはダメよ。同じテープは、二つとあってはいけないの。見たければ、あくまでもこの家の中だけにして」

菜保子は真剣な眼差しで言った。

まあ確かに、自分のあられもなく淫らな映像を外に持ち出されるのは不安だろう。いかに明夫を信用していても、万一彼が事故にでも遭えば、結局どこかの誰かの目に触れることになる。菜保子は、そんな不吉なことは口に出さないが、それでも彼女の不安は充分に明夫にも理解できた。

「わかりました。じゃ、見るときは一緒のときにしましょう」

「ありがとう……」

菜保子は、ようやく安心したように身体の力を抜いた。

明夫は、ピンホールレンズを取り外し、正規の撮り方にした。もう小穴からの盗撮の必要はないから、こうして手で持ってハメ撮りすることもできる。しかも明夫は灯りをつけて、もっと明るくした。

「ね、脚を開いて」

「ああ……、ダメ、恥ずかしい……」

菜保子は明るい寝室で顔を隠し、声を震わせて言った。

明夫はカメラを構えたまま、強引に彼女の両膝の間に潜り込んでいった。

画面の中で白い内腿を移動していくと、間もなく菜保子の羞恥の中心部がアップになって映された。

先ほどの三点攻めで色づいた陰唇が開き、新たな蜜が大量に溢れていた。

「すごく濡れてるよ。ねえ、叔母さんが自分の指で広げて見せて。奥の方まで」

「そ、そんなことをさせるの？　これでいい？　見える？　アアッ……！」

菜保子は恥じらいながらも自らグイッと指で陰唇を開き、自分の行為と言葉で急激に高まったように声を上ずらせた。

「うん、すごくよく見える。穴の奥もヌルヌルしてるよ」

明夫は羞恥を煽るように言いながら、たちまちムクムクと回復していった。

「ここも見せて。こうして」

さらに明夫は彼女の両脚を浮かせ、自分で抱えさせた。画面に、菜保子の可憐なツボミが大写しにされた。

「あん……、何を撮ってるの……」

「おばさんのお尻の穴」

「い、いや……、恥ずかしいわ……」

「大丈夫、すごく綺麗だから。もっと力を入れたりゆるめたりしてみて」

明夫は言ったが、要求しなくても彼女の荒い呼吸に合わせ、ピンクの肛門はヒクヒクと悩ましい収縮を繰り返していた。そして彼の言葉でさらに意識したように、菜保子の神経が肛門に集中すると、それはさらに妖しい蠢きをした。おちょぼ口のようにつぼまったかと思うと、お肉を盛り上げて突き出るように変化し、別の生き物のように様々に表情を変化させた。

「ああ……、そんなに、近くで撮らないで……」

前も後ろも丸見えにさせながら菜保子が声を震わせ、それでも脚を閉じようとはしなかった。そして熟れて色づくワレメからトロトロと大量の愛液を溢れさせ、それが肛門の方にまで伝い流れてきた。

見られ、撮られているだけでかなり感じているのだろう。さっきのオルガスムスの余韻がくすぶったまま、菜保子は再び絶頂の波が押し寄せてきたように肌を痙攣させた。

やがて菜保子は力尽きたように脚を下ろし、下腹を波打たせて身悶えた。

明夫は撮りながら、ゆっくりと彼女の肌を移動していった。

恥毛の丘から下腹、そして巨乳をアップで撮り、羞恥と快感に喘ぐ色っぽい表情も執拗に映した。

「ねえ、これ……」

明夫は、回復しているペニスを突き出し、再び菜保子の口に押し付けながら撮った。

「ン……」

菜保子もすぐに亀頭を含み、淫らに舌を見え隠れさせながらおしゃぶりをはじめた。

アップで撮ると、実に淫らで艶めかしい口の動きがよく分かった。上品な菜保子がお行儀悪く音を立て、熱い息を弾ませ、亀頭と唇の隙間には小泡の唾液まで溜まって、それがトロリと顎まで流れてくる。

ペニスに伝わる快感にプラスされ、その映像が明夫の心に激しく響いた。

さらに菜保子は陰嚢をしゃぶり、ペニスの裏側にも貪るように舌を這わせ、喉の奥にもスッポリと呑み込んでいった。

「ああ……、気持ちいい……」

明夫は快感に喘ぎ、とてもじっとしていられずに画面がぶれた。

しかし、このまま発射してしまうのは惜しい。顔面発射も撮ってみたい気がするが、撮ることに夢中で快感に集中できないのは勿体なかった。

やがて明夫は彼女の口からヌルッとペニスを引き抜き、いったん電源を切った。もう録画時間も残り少なくなっている。

「ね、新しいテープは？」

「ここに……」

菜保子は呼吸を整えてからベッドを下り、鏡台の抽出しから出してくれた。あるいは彼女も、明夫がバスルームにいる間に入れ替えようと思っていたのかもしれない。

明夫は新品のテープを入れ、菜保子を誘ってバスルームに行った。

4

「ねえ、叔父さんとのテープに映っていたようなことをして……」

バスルームで身体を流してから、明夫はタイルの床に座ったまま言った。もちろんドアは開け放され、脱衣所の床にはデジタルビデオカメラが置かれて、こちらに向けて電源を入れてある。

「テープに映っていたことって……」

菜保子が不安気に言う。しかし身体を洗っても、その興奮の高まりは熱い呼吸や肌の震えなどから明夫にも激しく伝わり、もう何も拒まないだろうという気がした。

「うん。立ったままオシッコしてみて」

明夫はとうとう、恥ずかしい要求を口にした。

浩子や友江にもしてもらったが、菜保子こそ最初から明夫の求めた相手だったのだ。それほど、彼女の放尿シーンは彼に深い衝撃を与えていたのである。

「どうして、そんなことさせたがるの……？」

菜保子は、恥じらいというより本心から疑問に思っているようだった。もし彼女が明夫以外、男は叔父しか知らないのであれば、アブノーマルを求める血筋だと思っているのかもしれない。

「叔父さんに求められた時は？」

「嫌だったし、理解できなかったわ……」

「でも、録画のとき以外でも何度かしたのでしょう？　男は、好きな人の出るものなら何でも欲しがるものだと思う」

「それでもやっぱり、普通のこととは思えないわ……」

「大きい方なら大変だけれど、オシッコなら無菌だし、尿療法もあるから、もともと飲んで大丈夫なものだよ」

「まさか、飲みたいの……？」

「うん、少しだけ。ダメ？」

「もちろんダメよ、そんなこと……」

菜保子は話しながらも、興奮に息を弾ませ、悩ましく巨乳を息づかせていた。脂の乗った肌が湯を弾き、薄桃色に染まって何とも色っぽかった。湯の香りに混じって、菜保子の熟れた女の匂いが甘ったるくバスルーム内に充満している。

「だって、叔父さんには飲ませたじゃない」

「うちの人は、もう大人だから……」

何だか、傍で聞いていると未成年者のアルコール談義に似てきたかもしれない。

「まだ何も知らないうちから、変な趣味に偏るのはよくないわ……」

「大丈夫。この世でおばさんのしか求めないし、一度きりでいいから」

明夫は執拗にせがんだ。そして自分は座ったまま彼女を立たせ、その股間に顔を寄せてしまった。その体勢になってしまえば、菜保子の僅かに残った理性など吹き飛ばしてしまえるという確信があったのだ。

本当は仰向けになって、真下から和式トイレスタイルを見たいという憧れもあったが、仰向けでは飲みにくいだろう。それに自分が身体を起こしている方が、肌を伝い流れる感触が味わえる。明夫はそれらを、浩子や友江にしてもらった時の体験から学習していたのだった。

「ああ……、本当にいいの？　こんなこと……」

菜保子がガクガクと脚を震わせながら、上の方から言った。叔父には何度となくしていても、やはり少年を相手となると勝手が違うようだ。いや、たとえ叔父相手だろうと、菜保子は常に恥じらいとためらいをもって行なっていたに違いなかった。

「うん、かまわないから出して……」

テープを発見してから、すっかり優位に立って主導権を握っていた明夫も、さすがに興奮に息が弾み、声が上ずってしまった。

目の前に、湯に濡れた菜保子の股間があった。カメラで撮られ続けたワレメからは、後から後から新たな愛液が湧きだし、内腿までベットリと濡れていた。

「こうして……」

明夫は彼女の片方の脚を浮かせ、バスタブのふちに載せさせた。これでワレメも丸見えになり、指で開くとヒクつく柔肉の中心にある尿道口も確認できた。

「アア……、やっぱりダメよ、こんなの……」

菜保子が目を閉じ、フラつく身体を支えるように壁に手を突いた。

明夫は根気よく待ち、目の上で震える下腹を見つめていた。

「あ……、出ちゃう……」

とうとう菜保子が声を洩らし、チョロチョロと放尿をはじめた。内腿を伝うだけの流れが、たちまち放物線を描いて勢いよく明夫の顔を直撃してきた。

明夫は口を開いて受け止め、温かな流れを飲み込んだ。それは、浩子や友江と同じく味は薄くて抵抗なく喉を通過していった。

溢れた分が胸から腹に伝い、淡く生ぬるい匂いを揺らめかせながらペニスを濡らした。

勢いの良かった流れがすぐに治まると、明夫は本格的にワレメに口をつけ、温かく濡れた柔肉を隅々まで舐めまわした。

「アアッ……！」

菜保子が声を上げ、たちまちネットリとした酸味まじりの愛液が大量に溢れてきた。

彼女はバスタブのふちから脚を下ろし、いつしか彼の頭に手を当てて、グイグイと自分のワレメに押し付けていたのだ。

どうやら菜保子の、淫らな人格にスイッチが入ってしまったようだった。テープでも、放尿の直後に人が変わったように菜保子は女王様と化してしまった記憶がある。

「舐めて、もっと奥まで……！」

菜保子は激しく喘ぎながら口走り、とうとう彼の髪を摑んできた。

「ク……！」

明夫も必死に舌を這わせ、残尿混じりに溢れる愛液をすすりながら懸命に口を押し付けていた。すると菜保子が、彼の顔を股間に密着させたまま、ゆっくりとしゃがみ込んできたのだ。

押されて、明夫も自然にタイルの床に仰向けにさせられた。

「ああ……、気持ちいい……、もう知らないわ。どうなっても……」

菜保子は完全に和式トイレスタイルでしゃがみ込み、明夫の顔に座りこんでいた。もう体重をかけないように気遣う余裕すらなく、濡れたワレメを彼の顔中にヌルヌルとこすりつけた。

「ム……ウウ……」

顔中愛液にベットリとまみれながら、明夫は懸命に呼吸しながら呻いた。

菜保子はクリトリスや陰唇を、彼の口も鼻も関係なくメチャクチャにこすりつけ、自ら巨乳を揉みしだきながらジワジワと昇りつめていった。

明夫は苦しかったが、菜保子の欲望の嵐に翻弄されるのは心地好く、今は亭主の叔父よりも彼女に近しいのだと思うと嬉しかった。

「ア……、い、いく……！　アアーッ……！」

菜保子は声を上ずらせて喘ぎ、狂おしく身を揺すりながら、ガクガクと痙攣しはじめた。

いったい何度目のオルガスムスなのだろう。菜保子はすっかり夢中になって股間を動かし続け、大量の愛液で明夫を溺れさせた。

やがて腰の動きが止まると、密着している柔肉と肛門の震えが、彼の鼻や口に伝わってきた。明夫が下からヌルリと肛門を舐めると、

「あう！」

菜保子が声を上げ、さらにギュッと体重をかけてきた。

「舐めて、もっと中の方も……」

菜保子が激しいオルガスムスの余韻の中、息を弾ませて言った。

やはり亭主相手と違い、無垢と思っている少年を貪欲に弄んでいるのだから、その禁断の快感は絶大なものなのだろう。

明夫は彼女の欲望の深さに興奮しながら舌を潜り込ませ、ヌルッとした粘膜を味わいながら蠢かせた。

「ああ……、いいわ……」

菜保子は喘ぎながら、しきりに括約筋をゆるめ、少しでも奥まで受け入れようとしてキュッキュッと収縮させた。

肛門に舌を入れていると、ちょうど鼻がワレメに埋まり込み、呼吸するのもやっとの状態だったが明夫は必死に舐めまわした。溢れる愛液は尽きることなく、それが明夫の鼻にまで流れ込むほどだった。

そして菜保子は心ゆくまで快感を味わってから、ゆっくりと腰を上げていった。

まだ立ち上がる気力はなく、タイルの床に手を突いて、仰向けの明夫の顔から少し離れてハアハア喘いでいた。

「私……、どうしちゃったの……」

徐々に理性が戻りつつあるのか、菜保子は喘ぎながら力なく言い、快感の余韻と自責の念で肌の震えが止まらないようだった。

「大丈夫。僕が望んでしてもらったんだから」

明夫も身を起こし、なだめるように菜保子の肩を抱いた。そしてシャワーに手を延ばそうとすると、いきなり菜保子が彼の唇を求めてきた。

舌をからませ、さらに熱く甘い息を弾ませながら、彼の顔の愛液を舐め回してきた。

明夫はうっとりと彼女の舌の蠢きと甘い吐息を味わい、菜保子がまだまだ欲望をくすぶらせていることを知って安心した。

何しろ、まだまだ明夫は彼女と一緒に楽しみたいのだ。

ようやく気がすんだように菜保子が唇を離すと、明夫は互いの全身にシャワーの湯を浴びせ、交互に湯に浸かってからバスルームを出た。

身体を拭き、ベッドに戻るまでも菜保子は足もとがおぼつかなく、明夫は身体を支えながら移動した。まるで泥酔でもしているように菜保子は朦朧となり、理性と欲望の間で揺れて、少しの刺激でもすぐに絶頂を迎えそうなほど過敏になっていた。

5

「アアッ！　待てないわ。早く……」

ベッドへ横たえると、菜保子は激しくしがみついてきた。

「ちょ、ちょっとだけ……。せっかくだから録画を……」

明夫は彼女の腕を振り離し、脱衣所から持ってきたデジタルビデオカメラを鏡台の上にセットした。やはりハメ撮りでは集中できないから、ベッドに向けて設置し、ロングで撮るしかなかった。さっきはアップをふんだんに入れたから、今回は仕方がないだろう。

菜保子のもとに戻り、今度こそ明夫も欲望を全開にして抱きついていった。

唇を重ねると、すぐに菜保子の方が上になってのしかかり、グイグイと押し付けながら舌を潜り込ませてきた。

口の中に美女の長い舌が這いまわり、明夫はトロトロと注がれる温かな唾液で喉を潤しながら、熱く甘い吐息に酔い痴れた。

菜保子の舌は貪るように蠢き、まるで口同士でセックスするような勢いだった。

そして彼女は舌をからめながら彼の手を取り、巨乳へと導いた。明夫もツンと硬くなっている乳首をつまんで動かし、豊かな膨らみを揉みしだいた。

「あん……、いい気持ち……」

熱い息を籠もらせていたが、乳首への刺激に耐えられなくなったように菜保子が口を離して喘いだ。

「吸って……」

さらに彼女がのしかかり、巨乳を上から押し付けてきた。明夫の目の前いっぱいに二つの膨らみが迫り、顔中に密着してきた。

「ウ……！」

まるでつきたての餅に覆われたように明夫は呻きながら、必死に乳首を含んで吸った。

そして言われる前に歯を立て、コリコリと刺激しながら柔肌を撫で、股間を探った。

柔らかな茂みを掻き分け、真下のワレメに指を這わせると、さらに新たな愛液が大洪水となり、指の動きを滑らかにヌラつかせた。

「そこも、舐めて……」

菜保子は両の乳首を含ませてから、我慢できなくなったように身を起こし、明夫の顔に跨ってきた。どうも叔父の影響というより潜在的に女王様の資質があったかのように、彼女は上になる方を好んだ。

しかも彼女は反対向きに重なり、女上位のシックスナインの体勢になった。

明夫が下から彼女の豊満な腰を抱え込み、ワレメに顔を押し付けると、

「ンンッ……！」

菜保子は呻きながらペニスを呑み込んできた。

熱い息が陰嚢をくすぐり、ペニス全体がスッポリと温かく濡れた美女の口腔に包まれて唾液にまみれた。

明夫は高まりを必死に抑えながら、熟れた果肉に舌を這わせた。舐めるというより飲み込めるほど、上から大量の果汁が滴ってきた。

明夫は愛液をすすりながら柔肉を舐めまわし、クリトリスに吸い付いて、時には伸び上がって肛門にも舌を這わせた。

その間、菜保子も喘ぎながら激しくペニスを吸い、特に粘液の滲む尿道口は念入りに舐め、まるで舌先を潜り込ませる勢いで濃厚な愛撫を続けていた。もちろん陰嚢にもしゃぶりつき、あるいは彼の脚を抱え込んで、肛門にもヌラヌラと舌を這わせてきた。そして内腿にもキュッと嚙みついて甘美な刺激を与えてから、再びペニスを含んで、スポスポと口で摩擦しはじめた。

「も、もう……」

明夫は降参したように、ワレメから口を離して言った。

すると、ようやく菜保子も強烈なフェラチオを中断して身体を起こしてきた。やはり、さっき飲んだから今度は一つになりたかったのだろう。

向き直り、そのまま女上位で彼の股間に跨ってきた。

腰を沈めると、ペニスはヌルヌルッと一気に膣口に呑み込まれた。熱く濡れた柔肉が心地好く締まり、互いの股間が密着した。

「アア……、いいわ、すごく気持ちいい……」

上体を起こしたまま、菜保子が巨乳を揺すって喘いだ。

明夫も下から両手を伸ばし、巨乳をわし摑みにした。下から見上げる菜保子の熟れた肢体は何とも色っぽく、我を忘れた表情は天女のように美しかった。

菜保子は体重をかけて座り込んだまま、上下ではなく腰で円を描くようにグリグリと動きはじめた。屹立したペニスが、内部で柔肉に揉みくちゃにされ、愛液にベットリとまみれた。

やがて菜保子がゆっくりと身を重ね、明夫もしがみついた。

胸に柔らかな巨乳が押し付けられ、再び唇が重ねられた。

「ね、飲ませて……」

唇を触れ合わせながら明夫が囁くと、すぐに菜保子は大量の唾液を口移しにトロトロと注ぎ込んでくれた。

生温かく、トロリとした美女の唾液が明夫の口の中をヌラヌラと這いまわり、飲み込むと甘美な悦びが全身に染み渡っていった。

菜保子は、何度となく甘いシロップを吐き出しながら、ゆるやかに腰を前後させてきた。

溢れる愛液が彼の陰嚢や内腿をヌメらせ、明夫も下から股間を突き上げると、クチュクチュと淫らな音が聞こえてきた。

さらに明夫は菜保子の唾液とフェロモンを求め、少し顔を移動させて、彼女の口に鼻を潜り込ませた。菜保子も拒まず、下の歯を彼の鼻の下に引っ掛けるようにし、軽く噛みながら鼻の頭を舐めてくれた。

「ああ……」

明夫は、熱く湿り気のある、甘い上品な匂いに酔い痴れながら、鼻を濡らす唾液に恍惚となった。

菜保子は次第に腰の動きを激しくさせながら、彼の鼻だけではなく顔全体にペロペロと舌を這わせはじめた。舌先で軽く舐めるのではなく、舌の表面全体を使うので、その柔らかな感触やヌメリ、微かなザラつきまで伝わってきた。

やがて顔じゅうが美女の唾液でヌルヌルにされ、明夫は後戻りできないほど急激に高まってしまった。何しろ、さっきの濃厚なフェラチオの時から必死に我慢していたのだ。

「い、いきそう……」

許しを乞うように呟き、腰の動きを続行して良いものか、止めて休憩した方がよいのか迷った。

「いいわ、いって……。いっぱい出しちゃって……！」

しかし菜保子は動きを速めながら、すぐに許しを出してくれたのだった。あるいは、待ちきれなかったのは彼女の方だったのかもしれない。

そうなれば明夫も、もう遠慮なく腰を突き上げることができた。

膣内の細かなヒダヒダが、心地好くカリ首をこすってくれる。奥へ行くほど熱く、入り口の締め付けが幹を濃厚に愛撫してくれていた。

快感はペニスだけではない。胸には巨乳が密着して弾み、顔中にも菜保子の清らかな舌が這いまわって甘い芳香を放っていた。

たちまち限界がやってきて、明夫は身を震わせながらオルガスムスの嵐に巻き込まれていった。

「う……、おばさん……、いく……！」

明夫は口走りながら、狂おしく股間を突き上げた。

菜保子もそれに合わせて激しく動き、股間をぶつけ合いながら、

「アアーッ……！　すごいわ。死ぬ……！」

声を絞り出してガクガクと全身を揺すった。

一致した激しい絶頂の波にベッドがぎしぎしと鳴り、明夫はありったけのザーメンを勢いよく噴出させた。

「あう！　熱いわ……、もっと出して……、あぁッ！」

内部を直撃する射精を感じ取った菜保子は、まるで膣内で飲み込むようにキュッキュッと肉壺を収縮させ続けた。

明夫は最後の一滴まで、最高の快感の中で放出し尽くし、ようやくグッタリと動きを止めた。菜保子も少しの間動いていたが、やがて力尽きたように四肢を投げ出し、明夫に体重を預けてきた。

しばらくは互いの熱い呼吸だけが繰り返され、溶けて混じり合ってしまうかのような時間が流れた。明夫は彼女の温もりと重みを受け止め、菜保子の甘い吐息だけで胸を満たしながら、うっとりと快感の余韻に浸った。

入ったままのペニスが思い出したようにピクンと脈打つたび、

「ん……！」

菜保子が反応し、小さく声を洩らしながら答えるようにキュッと締めつけてきた。

「すごかったわ……。こんな坊やなのに、あんなに気持ちよくさせてくれるなんて……」

菜保子が、まだ正体を失ったようにかすれた声で囁き、彼の耳たぶに嚙みついてきた。

「ああっ……、嚙んだら、また立ってきちゃう……」

明夫は耳元に熱い息を感じながら、柔肉の奥でペニスを震わせた。

「まだ続けてできるの……？　本当、中で立ってきたわ……」

菜保子は、何度か彼の耳や頰に歯を立てながら、膣内に納まっているペニスに神経を集中させた。

実際、いま射精したばかりなのに、完全に萎えていないペニスが間髪を置かずムクムクと膨張をはじめているではないか。

「アア……、ダメよ、また変になっちゃう……。どうしたらいいの……」

たちまち菜保子は声を上ずらせ、腰の動きを再開させはじめてしまった。

大量の愛液と、内部に満ちるザーメンが混じり合って、ピチャクチャと淫らな音を響かせた。明夫も、ひょっとしたらこのまま続けてもう一度できるかもしれないと期待し、再び下から股間を突き上げはじめた。

「ああン……、気持ちいい……」

菜保子は、本格的に律動を開始しながら喘いだ。

そんな二人の様子を、デジタルビデオカメラのレンズがじっと見つめていた……。

第六章　叔母のからだ

1

明夫は、見送りにきてくれた菜保子と東京駅で別れ、一路、家へと戻ってきた。

菜保子と濃厚な一夜を過ごした翌日、叔父が台湾から帰宅し、明夫も予備校の講習を終えた。あとは本番の受験があるだけだが、模試の結果もまずまずだったから何も心配していなかった。むしろ早く菜保子のいる東京に暮らし、浩子や友江のいる大学に通いたい気持ちでいっぱいだった。

(何だか、長旅でも終えて帰ってきたみたいだな……)

僅かな期間なのに、明夫は郷里の風景を見ながらしみじみと思った。

上京の日数は短くても、明夫は実に数多くの体験をしたのである。変わった自分が変わらぬ街々を歩きながら、明夫は自分の成長を実感した。

そして帰宅した明夫は、菜保子に無事に帰った旨と世話になった礼の電話を一本入れ、東京での出来事を一つ一つ思い出した。

翌日は登校し、文芸部室で瞳と合流した明夫は、そのまま彼女を誘って自宅にやってきた。これは前々から計画していたことである。どうせ両親は共働きで、夜まで誰も帰ってこない。まだ三時すぎだった。

「大丈夫? 何時頃までいられる?」

「六時には帰っていないと……」

瞳も素直についてきたが、二階の彼の自室に入ると、彼女はかなり緊張が高まってきたようだった。もちろん明夫が瞳を自宅に招いたのは初めてだし、彼女も男の部屋に入ったのは初めてのことだろう。

最初は明夫の本棚を眺めたり、彼の東京の話を聞いていた瞳だったが、やがて話題が尽きると、明夫は彼女をベッドの端に座らせ、自分も並んで腰を下ろした。

明夫も、かなり緊張していた。いかに菜保子と関係を持ち、浩子や友江と楽しんだ体験を持っていても、無垢な年下の女の子を相手にするのは初めてなのだ。

触れ合う肩から、彼女の温もりと鼓動が伝わってくるようだった。

瞳は、初めてのキスのことを思い出しているのだろう。そして今日、さらに発展すると覚悟を決めているのかもしれない。

とにかく、明夫は自分から行動しなければ何も始まらないと思い、意を決して瞳の肩に手を回した。

「………」

瞳の緊張も極に達したようだったが、拒むことはしなかった。

明夫は、そのまま抱き寄せて唇を重ねていった。柔らかな唇が密着し、懐かしい甘酸っぱい息と、ほのかなリップクリームの香りが感じられた。

間近に、長い睫毛を伏せた瞳の顔が見える。窓から射す日に、新鮮な水蜜桃のような頬の産毛が輝いていた。

舌を差し入れると、ぷっくりと弾力ある唇の感触と、硬い歯並びに触れた。

左右に動かしながら舌先で歯並びをたどり、唾液に濡れた歯茎まで舐め回しているうちに、ようやく瞳の前歯がオズオズと開かれていった。

熱気の籠もる口の中には、さらに胸が切なくなるような甘酸っぱい芳香が満ち、舌を探ると、それは嚙みきってしまいたいほど柔らかく、甘い唾液にヌルヌルしていた。

明夫は瞳の舌を舐めまわし、甘く美味しい唾液をすすった。

「ん……」

瞳は小さく呻き、いつしかしっかりと明夫にしがみついていた。やはり校内でのキスとは、また違って秘密めいた感覚があるのだろう。

舌をからめながら、そっとセーラー服の胸にタッチすると、

「あん……」

瞳が口を離して声を洩らした。明夫は制服を通して感じられる、美少女の初々しい膨らみを探りながら、白い首筋に唇を押し当てた。まだ乳臭い黒髪の香りと、ふんわりした甘ったるい汗の匂いが可憐に明夫の鼻腔をくすぐってきた。

「ああーっ……」

首筋にキスをされると、瞳は声を洩らしながら、すうっと力が抜けてしまったように寄りかかってきた。そのまま明夫は彼女をベッドに仰向けにさせ、胸元のVゾーンにも顔を埋め込んだ。

「ダメ……、くすぐったい……」

瞳がビクッと身を震わせ、か細い声で言った。

「ね、脱いで……」

「だって、恥ずかしい……」

モジモジと瞳が言うのもかまわず、明夫は彼女のスカーフを解いて、シュルッと抜き取ってしまった。さらにVゾーンをくつろげ、中のブラもずらして可愛らしいオッパイをはみ出させてしまった。

成長途上の膨らみは硬い弾力を持ち、乳首も乳輪も実に初々しい可憐な薄桃色をしていた。肌は透けるように白く、まだ誰にも触れられていない神聖な感じがした。

窓はレースのカーテンが引かれているだけだから、観察するには充分すぎる明るさだ。

瞳も激しい羞恥に目を閉じ、分厚いカーテンを閉めてくれるように言う余裕すらないほどパニックを起こしているようだった。

チュッと乳首に吸い付くと、

「あン……!」

瞳がビクッと肌を跳ね上げ、鼻にかかった喘ぎ声を洩らした。

赤ん坊のような肌の匂いが揺らめき、美少女の膨らみの柔らかな張りと感触が明夫の顔全体に伝わってきた。

舌で転がしても、乳首は柔らかく陥没しがちだ。それでも刺激を続けているうち、次第にコリコリと硬く突き立ってきたようだ。

明夫は充分に舐めて唾液に濡らしてから、唇に挟んで吸った。

「あう、ダメ、痛い……」

瞳が小さく言った。処女の乳首は過敏すぎて、強く吸うのはいけないのかもしれない。

明夫は吸う力をゆるめ、壊れ物を扱うように優しく舐めた。

そして何とかもう片方も引っ張り出して吸いつき、セーラー服の内に籠もる美少女フェロモンを吸収しながら舌を這わせ、さらに内部に潜り込むようにして、ほんのり汗ばんだ腋の下にも鼻を埋めた。

「ああッ……！」

瞳が、くすぐったくて少しもじっとしていられないようにクネクネともがきながら喘いだ。腋の窪みには、微かに甘酸っぱい汗の匂いが満ち、舌を這わせてもスベスベだった。

舐めるたびに瞳はビクッと震え、いつしか魂を吹き飛ばしてしまったかのようにグッタリと身を投げ出してしまった。

明夫は身を起こし、彼女の脚へと移動した。

白いソックスの足裏は僅かに黒ずみ、顔を埋めるとうっすらと生ぬるい匂いが感じられた。これが、まだ十五歳の高一の足の匂いなのだろう。

両足とも足裏から爪先まで充分に嗅いでから、明夫は左右のソックスを脱がせた。

瞳の可愛らしい素足が目の前に迫る。足首を摑んで持ち上げると、

「やん……」

彼女は息を吹き返したように声を洩らし、手で裾を押さえた。足よりも、持ち上げられたことによってめくれるスカートの方が気になったようだった。

足裏に顔を埋めると、ひんやりした感触が伝わり、指の股には汗と脂の湿り気が感じられた。この成分の中には、校庭の土や校内の埃、革靴の匂いなども混じって、まさに女子高生の匂いとしてブレンドされているのだろう。

可憐な女の子の身体の中で、唯一たくましい部分だ。大地を踏みしめ、登下校したり体育の授業で駆け回る足の裏に、明夫は熱烈に頰ずりした。

さらに湿った爪先にしゃぶりつき、足裏から指の股まで全て舐めまわした。

「あッ……、ダメ……！」

瞳が声を上ずらせ、ビクッと脚を引っ込めようとした。

構わず押さえつけ、明夫は瞳の両足とも味と匂いが消え失せるまで舐め続けた。

そして引き締まった足首から脹脛へと舌を這い上がらせてゆき、濃紺のスカートの中に顔を潜り込ませていった。

今までどれほど、この中に入りたいと願ったことだろう。

恥じらいにもがく両膝の間に顔を割り込ませていくと、中は薄暗く生温かな熱気が満ち満ちていた。

スカートの生地を通して陽が透け、ムッチリした太腿が目の前に迫った。

滑らかな内腿に顔を押し付けると、若々しい張りと弾力が伝わってきた。明夫は、思いきり嚙みつきたい衝動を抑えながら、瞳の股間を観察した。白い綿の下着の中心が僅かに食い込んでいる。

鼻を押し当てると、柔らかな繊維を通して彼女の温もりと、うっすらした汗の匂いが馥郁と鼻腔を刺激してきた。やはり下着全体に、美少女の体臭がタップリ染みついているようだ。

しかも食い込み部分は湿り気を帯び、上の丘はコリコリする恥骨の感触まで分かった。

「ああン……、やめて……」

瞳が言うが、それはスカートの外。やけに遠くからか細く聞こえてくるだけだった。

明夫は顔を離して指をかけ、下着を脱がせはじめた。スカートの中で張りのある滑らかな下腹が露出し、それはまだ幼児体型を残したようにふっくらと丸みを帯びて愛らしかった。しかしヴィーナスの丘の若草は一人前に柔らかく茂り、菜保子や女子大生たちとは微妙に違う、赤ん坊のようなフェロモンを漂わせていた。

お尻の丸みを通過させて強引に引き脱がせ、明夫はとうとう瞳の下着を両足首からスッポリと抜き取ってしまった。

「いや、見ないで……」

瞳が両脚を閉じ、横向きになって身体を丸めた。その間に明夫は、脱がせたての下着を裏返してこっそりと嗅いだ。股間の当たる中心部はジットリと湿り、うっすらと生臭いような新鮮な体液の匂いを放っていた。そして全体にも、汗とオシッコの混じった可愛い匂いが染みつき、明夫は胸をゾクゾク震わせて激しく興奮した。

2

「ああっ……、恥ずかしい……」

あらためて、下半身丸出しになった瞳の股間に潜り込むと、彼女はむずかるように身悶えながら声を上げた。

明夫は強引に彼女を再び仰向けにさせ、股間に顔を押し進めていった。

まだ舐める前に、処女の中心部をじっくりと観察した。ワレメはぷっくりと肉づきが良く、ピンクの花びらはほんの少しだけはみ出しているだけだった。

しかし初々しい見た目に似合わず、大量の蜜が溢れてヌメヌメと花びらを彩っていた。

下着まで濡らすほど、瞳は熱い期待と興奮に愛液を漏らしていたのである。

明夫は指を当て、そっと陰唇を開いてみた。微かにクチュッと音がして、さらに濡れている中の柔肉が見えた。

敏感な部分に触れられて、瞳の内腿がピクッと震えた。しかし羞恥を超えて放心状態になったらしく、もう拒む力も残っていないようだった。

奥には処女の膣口が息づき、周りでは細かな花びらが震えていた。透明な愛液がネットリと全体を覆い、花びらの脇では小泡混じりになっている部分もあった。ポツンとした小さな尿道口も見え、包皮の下からはツヤツヤした綺麗な真珠色のクリトリスも、小粒ながら顔を覗かせていた。

もう我慢できず、明夫は無垢なワレメにギュッと顔を埋め込んでしまった。

「あん！　ダメ、汚いわ……」

瞳が、今にも泣きそうな声で言ったが、明夫は彼女の反応に気を回す余裕もないほど興奮し、柔らかな若草の丘に鼻をこすり付けた。隅々には何とも胸を震わせる生ぬるい芳香が、甘酸っぱく籠もっていた。

明夫は何度も深呼吸しながら美少女フェロモンを嗅ぎ、ワレメに舌を這わせていった。

張りのある陰唇の表面を舐め、徐々に内部に差し入れながらクチュクチュと柔肉を味わった。予想以上に驚くほど多い愛液が舌を温かく濡らし、細かな襞が舌を包み込むように吸い付いてきた。

浅く膣口に舌先を差し入れて掻き回し、トロトロと溢れる蜜をすすりながらクリトリスまで舐め上げていった。

「アアッ……！」

瞳が声を上げ、電流でも走ったようにビクンと下腹を跳ね上げて反応した。

悶える腰をシッカリと抱え込みながら、明夫は執拗にクリトリスを舐めまわし、新たに溢れる蜜を舐め取った。

やはり、ここが最も感じるのだろう。瞳は少しもじっとしていられずにクネクネと身悶え、何度かオルガスムスの波が押し寄せたようにヒクヒクと痙攣した。

さらに明夫は彼女の両脚を抱え上げ、大きな桃の実のような可愛らしいお尻の谷間にも鼻を押し付けていった。丸い双丘が顔に密着し、谷間のピンクのツボミは綺麗に細かな襞が揃っていた。そこは汗の匂いに混じり、うっすらと秘めやかで生々しい刺激臭も感じられ、明夫は嗅ぎながら激しく興奮した。

こんな美少女でも、やはり普通に排泄するのだと思うと大発見のように思え、その匂いが悩ましく股間へと響いてきた。

明夫は舌先で襞の微妙な感触を味わうように舐めまわし、充分にヌメらせてから中にも潜り込ませていった。

「あう！　ダメ、そこは……！」

瞳が浮かせた脚をバタつかせながら呻いた。それを押えつけて、ヌルッとした内部の粘膜を味わい、美少女の恥ずかしいツボミを延々と貪った。

やがてワレメから溢れた蜜が流れてきたので、明夫は心ゆくまで瞳の肛門を舐めてからようやく舌を離し、シズクをたどりながら再び柔肉を舐め、彼女の脚を降ろしながらクリトリスまで戻っていった。

「あ……、ああン……、何だか、ヘンになっちゃう……」

瞳がガクガクと全身を波打たせ、声を上ずらせて喘いだ。すでに何度か、小さなオルガスムスを感じ取っているのかもしれない。

明夫は執拗に舐めながら、自分も急いでズボンと下着を脱ぎ去り、下半身を丸出しにしてしまった。そして身を起こし、暴発寸前にまで高まって屹立しているペニスを構えて、瞳のワレメに腰を進めていった。

これだけ濡れているのだから大丈夫だろう。それに瞳も覚悟の上でこの部屋に来たのだろうし、明夫も欲望の勢いが止まらなかった。

先端を押し当て、張り詰めた亀頭に大量の蜜を塗り付けるようにこすりながら、やがて位置を定めて貫いていった。ヌメリの助けで、すぐに亀頭がヌルッと潜り込み、あとは滑らかに根元まで呑み込まれていった。

「く……！」

深々と挿入されると、瞳が顔をのけぞらせて呻いた。奥歯を噛み締め、眉をひそめて全身を強ばらせる。

さすがに狭く、根元がキュッときつく締めつけられてきた。友江も処女だったが、やはり十八歳と十五歳では成熟度が違い、若いぶん瞳の方が体温まで高いような気がした。

ペニス全体が美少女の柔肉に包まれ、じっとしていても内部で息づく襞の蠢きに、明夫は急激に高まっていった。

熱いほどの温もりと締め付けられる感触、そして長く想っていた憧れの美少女の処女を征服した思いが明夫の全身を心地好く満たした。

身を重ねると、瞳は助けを求めるかのように下からギュッと彼にしがみつき、切れぎれの息を弾ませていた。全裸ではなく、乱れたセーラー服のまま一つになったというのが何度も明夫の興奮を煽った。

屈み込み、制服からはみ出した乳首に吸いつき、揺らめくフェロモンを味わった。瞳は破瓜の痛みに全神経を奪われているので、少々強く乳首を吸っても感じないようだった。

まだもったいないので動かず、明夫は両の乳首を吸ってから伸び上がり、喘いでいる瞳の唇を奪った。

美少女の甘酸っぱい息を嗅ぎ、甘く濡れた舌を味わいながら、明夫はそっと自分の机に置かれた本立ての隅の方に目をやった。

実はそこに、デジタルビデオカメラがセットされているのである。

菜保子の家にあったものとは違い、ピンホールレンズもついていないが、何とか参考書の陰に隠れて録画が続いている。瞳が本棚に目を奪われているとき、そっと電源を入れておいたのだ。

これは叔父や菜保子の影響だった。帰郷して瞳を家に招こうと思ったとき、隠し撮りの計画を思いついたのである。お年玉で買ったカメラが、まさかこんなところで役に立つとは思わなかった。

瞳の処女喪失の画像は、きっと明夫の宝物になることだろう。東京で習い覚えた女体の扱いを、初めて無垢な年下の少女に向けた記念すべき一回目である。

しかも本立ての隅から覗いた画像は、きっと再生すれば自分が縮小して机の隅に隠れ、覗き見ているような錯覚をもたらしてくれるだろう。

明夫は、画像は後の楽しみとし、今は生身の瞳に専念することにした。

舌をからめながら、少しずつ腰を突き動かしはじめた。柔肉が蜜にこすられ、クチュクチュと微かな音を立てながら摩擦された。その心地好さといったら、まるで身体中が処女の柔肉に包み込まれているようだった。

「あう……、い、痛いわ。ダメ……、やめて……」

しかし瞳は口を離し、哀願するように声を震わせた。

「ダメかい？　もうすぐ終わるけど……」

明夫は動きを止め、快感を中断されて情けない声を出した。

もちろん続行したい気持ちは山々だったが、瞳とは今後もいい付き合いがしたい。

まだまだ卒業まで日数もあるからデートもできるだろうし、上京してからも、たまに帰省すれば瞳に会いたいのだ。

だから今日無理して嫌われるより、やはり我慢して中止すべきだった。それに挿入した以上、瞳の処女を奪ったことに変わりはないのである。

明夫は身を起こし、ゆっくりと引き抜いていった。

「う……！」

瞳は抜ける時の摩擦にも顔をしかめて呻き、完全に離れてからも異物感が残っているように肌の硬直を解かなかった。

ワレメを観察してみたが、多少花びらが痛々しくめくれて熱を持った感じがしたものの、幸い出血はしていなかった。

明夫は彼女に添い寝し、また唇を重ねながら、瞳の手を取ってペニスに触れさせた。挿入して射精するだけが能ではない。まだまだ楽しみはいくらでもあるし、辛うじて暴発は免《まぬが》れ、少し落ち着きを取り戻しはじめていた。

「あん……」

ペニスを握らされると、瞳は唇を離して声を洩らした。

愛液に濡れた肉棒は、手探りでもかなり気味の悪い物体なのだろう。彼女も明夫と同じ一人っ子なので、男のペニスなど見る機会もなく、もちろん女の子同士で裏ビデオなど見たこともないに違いない。

「見てみる?」

「いや、恐いわ……」

「大丈夫。僕たちは恋人になったんだ。これから何度もすることになるんだから」

明夫は無垢な目で見られる興奮に息を弾ませながら、瞳の身体を押しやって起こした。

瞳も、最初は尻込みしながらも次第に好奇心が前面に出てきたか、素直に半身を起こして仰向けの明夫の股間に視線を這わせてきた。もう股間の痛みも薄らいできたようで、その眼差しはキラキラと潤むように輝いていた。

3

「変な形……、気持ち悪いわ……」

瞳は言いながらも、再び恐る恐る指を伸ばして触れてきた。

あらためて、無垢な指先に幹や亀頭を刺激され、明夫は快感にペニスを震わせた。

「動いてる……、いい気持ちなの……？」

徐々に慣れてきたように、瞳がペニスの反応と明夫の表情を交互に見ながら言った。次第にグロなペニスも、まるでペットのように可愛く思えてきたのかもしれない。

「うん、もっといじって……」

受け身になり、明夫は下半身を瞳に委ねて力を抜いた。

瞳は幹をニギニギと手のひらに包んで動かし、張り詰めた亀頭を珍しげに触ったりし、陰嚢にも指を這わせてお手玉のように握った。

「そこは強くしないで。大事なところだから」

「うん……」

瞳は小さく頷き、二つの睾丸をコリコリと確認し、再びペニスを握ってきた。

「こっちへ来て、いじりながら……」

明夫は瞳を引き寄せて添い寝させ、上から唇を重ねさせた。

柔らかな舌に吸いつき、可愛らしい匂いを吸収しながら明夫は彼女の手のひらの中でヒクヒクとペニスを脈打たせた。その震えを感じ取るたび、瞳は舌をからめながらも思い出したようにニギニギしてくれた。

「ね、もっといっぱいツバ出して。飲みたい……」

唇を触れ合わせながら、明夫は恥ずかしいのを我慢して囁いた。

「え……？　ダメよ、そんなの、汚いから……」

瞳は驚いたように息を弾ませて言った。ディープキスはしても、分泌させた唾液を飲むというような発想には及ばないのだろう。

「大丈夫。うんと垂らして」

何が大丈夫か分からないが、明夫は興奮しながらせがみ、再び唇を密着させると、瞳もためらいながら少しずつ流し込んでくれた。そして、あまりに明夫が美味しそうに喉を鳴らして飲み込むので、彼女も次第に大胆に量を増やしてきた。

瞳の唾液は生温かく、何ともトロリと滑らかで美味しかった。小泡の一つ一つにも美少女の甘酸っぱい芳香が含まれ、適度な粘り気が心地好く喉を通過していった。

明夫は貪るように飲み込んで酔い痴れながら、女性とは何でも相手の悦ぶものを与えてくれる優しい存在なのだとあらためて実感した。どんな無垢な少女でも、せがめば羞恥を超えて出してくれ、また与える悦びというものを女性の全てが潜在的に備えているのかもしれないと思った。

「もっと、ここにも……」

明夫は囁きながら顔を僅かに移動させ、瞳の口に鼻を押し当てた。濃厚な甘酸っぱい芳香で胸いっぱいに満たされ、明夫は鼻までヌルヌルにしてもらってうっとりとなった。

瞳も次第に舌を這わせ、唾液を塗り付けるように彼の顔中を舐め回してくれた。

「ああ……、気持ちいい……」

明夫は美少女の唾液に清められ、かぐわしい匂いに包まれながら高まっていった。

「ここも、舐めたり嚙んだりして……」

明夫は彼女の顔を胸へと押しやり、乳首に吸い付かせながら言った。

「嚙んだりするの……？」

「うん」

言うと、瞳は彼の乳首を舐め、キュッと軽く歯を立ててくれた。

「もっと強く……、平気だから力を入れて……」

髪を撫でながら要求すると、瞳も次第に力を入れ、肌を息でくすぐり唾液に濡らしながら嚙んだ。甘美な痛みと快感が乳首から股間へと伝わり、明夫はクネクネと身悶えながら息を弾ませた。

ここでも、瞳は明夫が悦んでいることを知ると、さらに愛咬を強めながら繰り返してくれた。両の乳首を交互に嚙み、たまにいたわるように舌を這わせ、脇腹や下腹部の方まで舌と歯で愛撫してきた。

その間もペニスを握り続け、優しく指を動かしていてくれた。

「こうして……」

明夫は言い、さらに瞳の頭を股間に押しやった。

瞳も、とうとうペニスを間近にして熱い息で恥毛をくすぐってきた。

「どうするの……？」

「おしゃぶりして……。そこだけは歯を当てないように……」

言われて、瞳は恐る恐る口を寄せてきた。自分も舐められたのだし、高一ともなれば女の子同士でフェラチオの話題も出て知識はあるだろう。

美少女の舌先が、亀頭の表面ではなく、いきなり粘液の滲む尿道口に触れてきた。汚いと思われなかったことで、明夫は感動した。

瞳はチロチロと小刻みに尿道口を舐め、粘液を味わった。特に不味くもなかったようで次第にヌラヌラと広範囲に亀頭全体に舌を這わせてきた。

「ああ……、気持ちいい……」

明夫が喘ぎながら言うと、瞳は舐めながらチラッと目を上げて彼の表情を見て、さらに舌の動きを激しくさせてくれた。

瞳は亀頭全体を舐めてから幹を舌先で這い下り、陰嚢の方までペロペロとおしゃぶりしてくれた。興奮と緊張に縮こまったシワシワの袋全体が、温かな唾液にまみれ、睾丸が軽やかに吸われた。

「出そう……」

明夫は、彼女の舌が幹の裏側から先端に戻ってくると、いよいよ危うくなって言った。

「出るって、ザーメン……？」

「うん。汚くないから、お願いだから飲んでくれる？」

「いっぱい？」

「それほど多くないよ。ほんの一口か二口分ぐらい……。ね、くわえて……」

明夫は髪を撫でながら、先端を彼女の口に押し付けた。

瞳は素直に亀頭を含み、歯を当てないようにモグモグと唇を締め付けながら、さらに喉の奥まで呑み込んでいった。

「アア……、すごくいい気持ちだよ……」

熱く濡れた美少女の口腔に含まれ、明夫はうっとりと口走った。

瞳は深々とくわえ込み、可憐な唇で幹をキュッと丸く締め付けながら、熱い息で股間をくすぐった。内部では舌の表面全体が触れてクチュクチュと蠢き、たちまちペニス全体は温かく清らかな唾液にどっぷりと浸った。

様子を探るように触れてくる舌の感触が、何とも身悶えするほど心地よかった。舌の裏側はヌルヌルした柔らかなシルク感覚、表面も滑らかだが、微かなザラつきが感じられる木綿感覚だ。

「吸って……」

快感に息を詰めて言うと、瞳はゆっくりと口を引き抜き、亀頭だけをチュッチュッと無邪気に吸いはじめた。

明夫は急激に高まりながら、さらに彼女の頭に手を当て、上下に押しやった。

瞳も、それに合わせて顔全体を上下させてくれ、スポスポと唾液に濡れた口で摩擦運動を繰り返してくれた。しかも吸いつきながらだから、亀頭が引き抜かれるような快感が伝わってきた。

「ンン……」

明夫も下から股間を突き上げるものだから、瞳は喉を突かれるたび小さく呻いて、新たな唾液を溢れさせせペニスを濡らした。

「ああ……、い、いく……！」

とうとう明夫は絶頂の快感に貫かれ、口走りながらヒクヒクとペニスを震わせた。

神聖な美少女の口に出すという、禁断の快感の中、ありったけのザーメンがパニックを起こしたようにドクンドクンと噴出した。

「ク……」

喉を直撃された瞳は思わず息を呑んだが、出ることは聞いて予測していたから咳き込むようなことはなかった。そして亀頭を含んだまま、口の中がいっぱいになると懸命に喉に流し込んだ。

「気持ちいい……。もっと吸って、全部飲んで……」

明夫は髪を撫でながら言い、最後の一滴まで、瞳の口の中に出し切った。

瞳も全て飲み干し、ようやくもう出ないと知ると、ゆっくりと口を離しヌメっている尿道口を舐め回してくれた。その刺激に、過敏になった亀頭がヒクヒクと震えた。

「もう出ない？」

「うん……、とっても良かったよ。気持ち悪くない？」

「大丈夫……」

瞳が健気に言うと、明夫は彼女を抱き上げて添い寝させた。間近に迫る可憐な唇が、一仕事終えたように熱い呼吸を繰り返している。その息にザーメンの匂いは含まれず、彼女本来の吐息と唾液による甘酸っぱい芳香がするだけだった。

明夫は満足し、瞳を抱きながらうっとりと快感の余韻に浸った。

そしてこっそりと目を上げ、まだこちらを向いて録画を続けているデジタルビデオカメラを確認した。

瞳が知ったら怒るだろうか、泣くだろうか。目の前でDVテープを処分しろと言って、付き合いも終わってしまうかもしれない。間違っても、処女喪失の良い記念だからと、一緒に見るような展開にはならないだろう。

明夫は、どんなふうに映っているか楽しみだったが、まだまだ目の前の生身の美少女にも未練があった。夜まで、もう一回ぐらい射精しておきたい。挿入は痛がるし、そうそう飲ませるのも可哀想だから、今度は指で出してもらおうか、オシッコを飲むことはできないだろうかと、あれこれ考えているうちに明夫はムクムクと回復をはじめてしまった。

4

――二月も終わりに近づき、明夫は本格的な受験のため再び上京。僅かの期間だったが、懐かしい叔父叔母の家に滞在した。

もちろん菜保子の態度はごく普通で、天女のような笑顔も変わりなかった。ただ今回は連日の試験のため、菜保子と顔を合わせつつもドキドキするような展開にはならなかった。夜は毎晩叔父もいるし、日中は毎日のように明夫も各大学へ出向いていたからだ。

受験が一通り終わると帰郷したが、瞳は期末テストの時期に入っており会うことはできなかった。だからしばらくは我慢し、隠し撮りしたビデオばかり見てオナニーする日々が続いた。

瞳の処女喪失映像は、なかなかよく撮れていた。ロングの固定カメラだから多少の不満もあるが、それでもベッド全体が入っているから満足すべき出来だった。

何より、瞳の表情が良く撮れているし、予想した通り自分が本立ての隅に身を潜め、覗き見しているような臨場感が得られた。

挿入時の瞳の表情の変化と肌の緊張、これは一生に一度の貴重な映像となろう。

たまに瞳の視線が、偶然にこちらを見ることもあり、今さらながら明夫は思わずビクリと首をすくめてしまった。過去のことなのに、いま覗き見していて、それがバレるような気分になってしまうのだ。

処女を失う瞬間の挿入も良いが、おしゃぶりのシーンも圧巻だった。

可憐な瞳が、小さな口を精一杯大きく開いて亀頭を頬張り、キラキラと唾液の糸を幹に伝わらせながら舐める様子は、見ていた明夫を何度も絶頂に導いてくれたものだ。

そのうち何とか瞳を説得して、ワレメのアップやオシッコのシーンなども撮ってみたかった。

やがて合格通知が来て、明夫はまた上京した。

いくつか合格したが、やはり叔父のいる大学の文芸学科に決めた。今度は本格的な引っ越しである。アパートも受験が終わった時に目安はつけていたのだ。荷物を運び、いつでも住める状態にしてから入学式までの間に帰郷する予定だった。

瞳もその頃は春休みだから、また新たな展開があることだろう。

とにかく明夫は、六畳一間のアパートに布団とテーブル、僅かな食器と小型テレビなどを運んだ。アパートは練馬区内で、菜保子の家とは西武線で二駅離れている。あまりに近すぎると、浩子や友江を呼ぶときに不都合だからだ。もっとも菜保子が車で来れば、ものの二十分とかからないだろう。

六畳の他、押し入れと小さなキッチンとユニットバス。一階の角部屋で日当たりもあまり良くないが、最初から贅沢するつもりはない。家賃は格安だが、あまり仕送りで負担もかけたくないので、なるべく自炊するつもりだった。

自分の初めての城が片付いていくのは、なかなか心地好いものである。

布団にテーブル、食器に座椅子などは叔父の家から余っているものを運んでもらった。

「ちゃんとお料理作れる？」

手伝いに来てくれている菜保子が言った。

「ええ、何とか大丈夫です。味噌汁はインスタントだし、ご飯さえ炊けば惣菜を買うぐらいで」

「ダメよ、ちゃんと作らないと。お味噌汁は今度教えてあげるから」

菜保子がキッチンの整理をしながら言う。当分は、何かと面倒を見にきてくれそうだった。確かにインスタントものより、自分で作った方が安く上がるし栄養もあるだろう。

やがて室内とキッチンの整理がついた。もともと、大した荷物も持ち込んでいないから思ったより簡単だったのだ。

菜保子がティーバッグの茶を入れてくれ、明夫もテーブルを前に座った。しばらくは、このテーブルが食卓兼学習机となるだろう。

まだ日は高い。菜保子も、これでお茶を飲んですぐ帰ってしまうということはないだろう。明夫は、朝から手伝ってくれ、ほんのり汗ばんでいる菜保子を観察しながら期待に胸を弾ませた。

すると、菜保子の方からきっかけを作ってくれたのである。

彼女はバッグから、一本のテープを取り出した。

「これ、こないだのものよ。一緒に見る?」

菜保子はほんのり頬を染めて言いながら、明夫のデジタルビデオカメラにセットし、テレビにつないだ。前に、二人で撮った映像だ。

再生スイッチを入れると、画面に寝室が映し出された。

最初は、明夫も撮られていることを知らないシーンからだった。

「懐かしいけれど、何だが恥ずかしいね……」

「そうね」

菜保子は言い、立ち上がって玄関のドアを内側からロックし、部屋の灯りも消して、取り付けたばかりのカーテンも閉めた。

そして明夫の隣に戻り、ピッタリと身体をくっつけて二人で画面に見入った。

画面では、最初に明夫が菜保子にのしかかり、巨乳から足、股間まで舐めまわして愛咬し、前後の穴に指を入れた三点攻めをしている。

撮っていると知っている菜保子は、明夫以上に快感を覚えているのだろう。薄明かりの中に白い肌が浮かび上がり、悩ましくうねうねと蠢いていた。

菜保子は何度か声を上げてオルガスムスの痙攣を起こし、明夫も彼女に口内発射をして一度目の絶頂を終えた。

その直後、明夫があのデジタルビデオカメラを発見したのである。

そのシーンになると、隣で見ている菜保子が微かにビクリと震えた。

「この映像、もうおばさんは見たの？」

「ええ……、この、カメラが見つかるところでは何度もハラハラしてしまうの……」

彼女もまた、見ながら臨場感を覚えて、そのシーンで緊張してしまうのだろう。

「ね、このテープは、ここへ置いてってくれる？　見ながら何度も自分で出したい」

明夫は言った。今は生身の菜保子がいるからいいが、彼女が帰った後は何もオカズがないのだ。その点、このテープは何度でも興奮できるだろう。

「それはダメよ。見終ったら持って帰るわ」

しかし菜保子はきっぱりと言った。やはり流出するのは心配なようだ。これから明夫の友人がこの部屋を訪ねることもあるだろう。何も、明夫が自慢気に見せるとまでは思っていないだろうが、テープを発見され、強引に見られてしまう可能性だってないとは言えないのだ。

「そう、わかりました。残念だけど」

「見たかったら、家へ遊びに来たときにしなさいね」

菜保子は言い、二人は再び画面に目をやった。

画面の中の明夫は、手にしたカメラで今度は菜保子の身体をアップで撮りはじめた。指で開かれたワレメ内部が、アップで映し出されてくる。

「ああ……、恥ずかしいわ……」

見ながら、菜保子がモジモジと身悶えながら言った。

ワレメのアップから移動し、巨乳、そしてフェラのハメ撮り。ロングだった前半と違い後半は手持ちのため多少画面のブレはあるものの、実に迫力あるシーンが続き、菜保子の艶めかしい表情や熟れ肌の悶えなどが克明に録画されていた。

さらにバスルームでのオシッコシーンにラスト の結合まで、明夫は目が離せなかった。

ようやく映像が終わると、菜保子は震えながら小さく息を吐いた。

明夫は興奮の高まりに我慢できず、そのまま菜保子に縋り付いた。

「ま、待って……」

菜保子は身を乗り出し、テープを取り出してバッグにしまった。セックスに夢中になり、忘れるといけないと思ったのかもしれない。自分の映像となると、実に慎重だった。

「お願い。シャワーを貸して」

「それはダメ。僕が、おばさんのナマの匂いを好きなことは知っているでしょう？」

「じゃ、せめてトイレを貸して。その間にお布団を敷いてほしいわ」

それぐらいなら仕方がないだろう。トイレには洗浄器もついていないから、股間を洗うこともできないのだ。

「じゃ、拭かずに出てきて」

「ダメよ。そんなこと……」

菜保子は言い、立ち上がってトイレに入ってしまった。

明夫はあわてて押し入れを開け、布団を出しながら、下段にあったバッグのファスナーを開けた。中にビデオカメラを入れるのだ。浩子や友江を撮りたいと思って用意しておいたバッグなのだが、まさかこんなに早く使うとは思ってもいなかった。

録画のスイッチを入れ、バッグから覗いているレンズを布団の方に向けた。

万一見つかっても、おあいこだから怒られることはないだろう。もっとも、自分の姿が映っているテープだから没収されるかもしれず、バレずに済むに越したことはなかった。

明夫はトイレからのせせらぎを聞きながら布団を整え、期待に胸を弾ませた。

そして服を脱ぎ、全裸になって先に布団の中で待った。

間もなく菜保子もトイレから出てきて、疑うそぶりも見せず、ためらいなく服を脱いでくれた。全裸になって布団に潜り込むと、明夫はすぐに甘えるように腕枕してもらい、懐かしい肌の匂いに包まれながら巨乳に顔を押し付けた。

「拭いちゃった？」

「もちろんよ。でも……」

「でも、なに？」

明夫は柔肌を撫で下ろし、茂みを掻き分けてワレメを探った。陰唇の内側に指を這わせると、そこは熱くヌルヌルしていた。

「ああん……、いくら拭いても、濡れてきてしまうの……、ほら、こんなに……」

菜保子は息を弾ませて言いながら、股を開いてグイグイとワレメを押し付けてきた。

「ねえ、舐めたい……」

「まだダメよ。そこは最後……」

菜保子は言うといきなりのしかかり、上からピッタリと唇を重ねてきた。

5

「ンンッ……！　美味しい……」

菜保子は明夫の口から鼻まで舐めまわしながら囁き、彼の胸に巨乳をこすり付けた。

明夫は、熱く甘い美女の吐息でうっとりと胸を満たしながら、遠慮なくトロトロと注がれる唾液で喉を潤した。

菜保子のぽってりとした肉厚の舌が、口や鼻から顔中にまで這いまわり、たちまち明夫は唾液にまみれて芳香に包まれた。何やら、濃厚なディープキスと顔舐め、唾液を飲ませてもらうだけで果ててしまいそうなほど高まった。

「吸って……」

ようやく気が済んだように菜保子が顔を上げ、巨乳を上から押し付けてきた。

明夫がチュッと乳首に吸い付くと、そのまま彼女は体重をかけ、豊かな膨らみで彼の顔を押しつぶした。

「むぐ……！」

明夫は窒息感に呻きながら乳首を舐め、コリコリと歯を立てて愛撫した。

「アア……、気持ちいいわ……。もっと強く……」

菜保子は声を上ずらせて喘ぎ、もう片方の膨らみも押し付けた。

ジットリ湿った胸の谷間には甘ったるい汗の匂いがタップリと籠もり、明夫はこのまま熟れたフェロモンに包まれ、柔肉に圧死させられてもかまわない気になった。

そして両の乳首を交互に舐め、頬が疲れるほど吸い、ときには強すぎたかと思えるほど嚙みついてから、明夫は彼女の腋の下にも顔を潜り込ませていった。

そこも熱く湿り、柔らかな腋毛の隅々にはミルクのように甘ったるい汗の匂いが馥郁と満ち満ちていた。

舌を這わせ、胸いっぱいにフェロモンを吸い込み、両腋とも心ゆくまで堪能すると、菜保子は身悶えながら再び両の乳首を含ませてきた。

明夫が充分に愛撫すると、ようやく菜保子も巨乳から解放してくれた。

「ね、次はどこ舐めたい？　アソコ……？」

もう一度、熱烈なキスをしてから菜保子が甘い息で囁いた。

「足が舐めたい。顔を踏んで……」

明夫は激しく勃起しながら答えた。

「いっぱい動きまわったのよ。それでもいいの？」

菜保子は言いながら、ゆっくりと立ち上がって彼の顔を跨いだ。

真下から見上げる豊満な美女の、何と色っぽいことか。

仰向けに寝ている明夫の顔の左右に足が置かれ、スックと立っている。濡れたワレメが見え茂みが震え、息づく下腹と揺れる巨乳、その一番上から、美しい菜保子が熱っぽい目でこちらを見下ろしていた。

菜保子はゆっくりと片方の足を持ち上げ、素足でそっと明夫の顔を踏んだ。

もう彼女も行動にためらいがなく、僅かの期間に期待と興奮を高めていたように自分の欲望を前面に出していた。

ひんやりする足裏が鼻と口を塞いだ。明夫は舌を這わせ、指の股の湿り気を嗅いだ。

さすがに脂じみた匂いが感じられ、その快感が激しくペニスに伝わってきた。

菜保子は指で彼の鼻をつまむように押し付け、もう片方も同じように載せてきた。

「もういいでしょう？　立っていられないわ……」

やがて菜保子は両脚を下ろして言った。興奮に喘ぎながら、片足ずつ載せるのはバランスが悪くて疲れるのだろう。

「いいよ。しゃがみ込んで……」

明夫が胸を震わせて言うと、菜保子も彼の顔を跨いだままゆっくりと和式トイレスタイルでしゃがみ込んでくれた。

熟れた果肉が頭上から一気にズームアップし、鼻先にまで迫ってきた。

左右に広がる内腿も、しゃがんだためさらにムッチリと量感を増して張り詰めた。

中心部は、今にもトロトロと滴りそうなほど果汁が溢れ、蠢く柔肉が誘うように濃厚な女の匂いを放っていた。

「舐めて……」

菜保子が、喘ぎを抑えるように息を詰めて囁き、そのままギュッと股間を押し付けてきた。柔らかな茂みに鼻を塞がれ、明夫は甘ったるいフェロモンを嗅ぎながら舌を這わせはじめた。

熱い愛液がたちまち舌をヌメらせ、明夫のすぐ鼻先で白く滑らかな下腹がヒクヒク震えた。舌を差し入れて膣口を舐めまわし、実際に溢れて滴ってくる愛液をすすりながら、明夫はツンと突き出たクリトリスにも吸い付いていった。

「ああン……、気持ちいいわ。もっと舐めて、嚙んでもいいわ……」

菜保子が熱く喘ぎはじめ、とうとうしゃがみ込んでいられなくなったようにギュッと体重をかけて座った。そして彼の顔の左右に両膝を突き、たまに股間を浮かせて調整させながら、感じる部分を明夫の口に押し付けてきた。

明夫は必死に舌を蠢かせ、下から上へとクリトリスを弾くように舐め、軽く前歯で挟みながら刺激した。

「あう……、いい……、ここもお願い……」

菜保子は言いながら、僅かに腰を進めた。

明夫は豊かな丸いお尻の真下になり、薄桃色の可憐な肛門が鼻先にきた。

鼻を埋め込んで嗅ぐと、汗の匂いとともにほんの微かな刺激臭も感じられ、明夫は狂喜しながら匂いを貪った。あるいは今日は、菜保子は外で大きい方の用を足したのかもしれなかった。

そして舌を這わせ、チロチロと舐めながら襞の蠢きを味わい、さらに内部にヌルッと潜り込ませ、うっすらと甘苦いような味覚のある粘膜を舐めまわした。

「う……、くすぐったくて、気持ちいい……」

菜保子が息を詰めて言いながら、キュッキュッと肛門で彼の舌を挟みつけ、熱く濡れたワレメを鼻に押し付けた。

完全に鼻が陰唇の間に埋まり、いつしか透明から白っぽく濁りはじめた大量の愛液がヌラヌラとまつわりついてきた。

ようやくお尻が浮かされ、明夫が肛門から舌を離すと、菜保子はすぐにワレメをこすりつけ、再びクリトリスを舐めるよう強要してきた。明夫は新たな愛液をすすり、クリトリスを歯と舌で濃厚に愛撫した。

「アア……、もう我慢できないわ……」

たちまち菜保子が声を上ずらせ、彼の顔から股間を引き離した。

そのままペニスへと移動し、スッポリと含んで唾液で濡らすように激しく舐めまわしはじめた。

「く……！」

明夫は奥歯を噛み締めて呻き、暴発しないよう懸命に堪えた。

菜保子は貪るように喉の奥まで呑み込み、口の中をきつく締めつけて吸い、執拗に長い舌をからみつけてきた。たちまち肉棒全体は温かな唾液にヌメり、美女の口の中でヒクヒクと震えた。

さらに菜保子は陰嚢にもしゃぶりつき、明夫の脚を浮かせて肛門にまで舌を這わせてきた。タップリと唾液を出しながら、とがらせた舌先をヌルッと中にまで押し込んでくる。

「あう……、気持ちいい……」

明夫も思わず口走り、肛門を締め付けながら菜保子の舌を感じ、その贅沢な快感に身悶えた。菜保子は、少しでも奥まで入れようと口を押し付け、唾液に濡れた陰嚢を荒い鼻息でくすぐった。

やがて舌を抜き、彼の脚を下ろして内腿をキュッと噛み、再び陰嚢に吸い付いてから、ペニスを呑み込んだ。

「も、もう……」

明夫は降参するように言い、腰をよじって警告を発した。

すると、ようやく菜保子もチュパッと口を引き離し、身を起こして彼の股間に跨ってきた。幹に指を添えてワレメに当てがい、ゆっくりとしゃがみ込んでくる。

ヌルッと亀頭が潜り込むと、たちまち屹立したペニス全体が熱く濡れた柔肉の奥深くに呑み込まれていった。

「アアーッ……!」

菜保子が顔をのけぞらせて喘ぎ、完全に座り込んで明夫自身を締めつけてきた。

ピッタリと股間同士が密着し、菜保子は身を起こしたままグリグリと腰を動かし、彼の股間に体重をかけて悶えた。

明夫は、この世で最も居心地の良い場所に快感の中心を包まれ、少しでも長く味わおうと必死に我慢しながら菜保子の温もりを受け止めた。

「すごいわ。奥まで当たって、とってもいい気持ち……」

菜保子が喘ぎながら囁き、身を重ねてきた。恥毛がこすれ合い、巨乳も押し付けられてきた。明夫は、甘い吐息と汗の匂いに包まれながら限界が近いことを悟った。

菜保子は肩を組むように彼の顔に腕を巻き込み、ズンズンと全身を前後に揺すりはじめた。ネットリと熱く濡れた柔襞が、ヌラヌラとペニスを摩擦し、その快感に促されるように明夫も下から股間を突き上げた。

「アア……、もっと突いて、奥まで……！」

菜保子が息を弾ませて動きを速め、明夫も下からしがみつきながらリズミカルに律動しはじめた。

屈み込んで乳首を吸い、伸び上がって舌をからめながら、明夫はとうとう昇りつめ、大きな快感の渦に巻き込まれてしまった。

「い、いっちゃう……！」

許しを乞うように口走り、明夫はガクガクと身悶えながら勢いよく熱いザーメンを噴出させた。

「あう！　出てるのね。いく……、アアッ！」

いちばん深い部分に脈打つザーメンを感じ取ると、菜保子も続いてオルガスムスに達したようだった。狂おしく身悶えながら膣を締めつけ、一滴余さず吸い取ろうとするかのように柔肉を蠢かせ続けた。

明夫は最後の一滴まで絞り尽くしながら、菜保子の下からそっとバッグの中のデジタルビデオカメラの方を見た。そのままVサインでもしたい気持ちを抑え、やがて菜保子の温もりを感じながら力を抜き、うっとりと余韻に浸り込むのだった……。

◎本作品は『僕の叔母2』（二〇〇四年・マドンナ社刊）を大幅加筆修正及び改題したものです。内容はフィクションであり、登場する個人名や団体名は実在のものとは一切関係ありません。

二見文庫

叔母《おば》の部屋《へや》

著者　睦月影郎《むつきかげろう》

発行所　株式会社 二見書房
東京都千代田区三崎町2-18-11
電話 03(3515)2311［営業］
03(3515)2314［編集］
振替 00170-4-2639

印刷　株式会社 堀内印刷所
製本　村上製本

落丁·乱丁本はお取り替えいたします。
定価は、カバーに表示してあります。

ISBN978-4-576-09028-3
http://www.futami.co.jp/

二見文庫の既刊本

僕の叔母

MUTSUKI, Kagero
睦月影郎

夏休み、16歳の史雄が滞在することになったのは、子供の頃にHな遊戯でじゃれあった従姉の沙也香と、その母親で、若さと妖艶さを持ち合わせた、彼にとっては叔母にあたる美沙子の家だった……。スポーツ・ジムの女性オーナー、美人女医などを相手に、さまざまな淫らで倒錯的な体験を通して、男へと変わっていく少年のひと夏を描いた「性春官能」の傑作が甦る。